"十四五"时期国家重点出版物专项出版规划项目

[黎巴嫩] 胡达·巴拉卡特 著
陆怡玮 马琳瑶 译

夜间来信

هدى بركات

بريد الليل

上海文艺出版社

"当代丝路文库"书目

K.的绝命之旅
〔沙特阿拉伯〕阿齐兹·穆罕默德

国王
〔波兰〕什切潘·特瓦多赫

夜间来信
〔黎巴嫩〕胡达·巴拉卡特
……

中文版《夜间来信》序言

正当我潜心写下这些文字，庆祝我的小说《夜间来信》被翻译成中文的时候，欧洲媒体报道着地中海海浪中倾翻的船只和船上因此丧生的移民。这则消息被排版在内页的角落，和其他边缘新闻归为一类，或许是因为这类事件重复发生，或许是因为昨天的事故中遇难者没有到达百人。更有可能的是欧洲当局既没有能力也没有意愿找到解决这个难题的方法。

这部小说关注我们这世上一段时间以来发生的事情：有史以来首次有超过九千万人流离失所，背井离乡寻找新的家园，尽管他们知道这样做的代价很可能是死亡。也是第一次，文学开始丢弃曾经所谓的"爱国之情"和"对故土的依恋"。我想，我自己想做的不过是倾听这些人的声音，他们是具体的个人也是命运的呈现，他们不是威胁欧洲社会稳定和本土文化的群体。我不辩解，不指责，也不评判。在我眼中他们既不是天使也不是恶魔。

  这本小说受到读者们的高度欢迎，特别是它的许多译本。如今，我很高兴看到它的中文译本即将出版，由陆怡玮教授和友人马琳瑶共同翻译。我希望《夜间来信》将踏上一段丰富多彩的旅程，希望它能够遇到关心这个残酷无常世界的读者。

胡达·巴拉卡特
巴黎，2024年秋

昨夜的夜　陌生而又动荡
更有甚者是你我之间的变化
再一次，为了那被遗弃的旧爱之爱
再一次，我们出航驶向大海

——阿尔加侬·查尔斯·斯温伯恩，《直到月的尽头》

1
窗后

亲爱的，

既然这是信件约定俗成的开头，那么"亲爱的"……

在这一生中，我不曾写过一封信，除了脑海中那封幻想的信。许多年间，我在心中反复推敲这封信，却始终不曾将它写下来。因为我的母亲不识字，她只能拿着信件求助于村里的某个学生，帮她念信，简直是灾难！后来我得知村庄在大坝坍塌时被淹没，我不晓得村民们迁移到了哪里，也不知道他们被安置在何处。这座现代化的机械大坝由总统主持修建，本是灌溉旱地用的。或许我已经给你讲过大坝的故事，我却已经记不清。但这不是重点,重点是那封萦绕在我脑海中的信。我曾经想要记录下母亲送我独自坐上火车的那一刻,那年我八九岁,只身一人。母亲给我装了一张大饼和两颗水煮蛋,嘱咐我说,叔叔会在首都接我,我要努力读书,因为我是兄弟中最聪明的,她还说:别怕。别哭。

而我,不得不说确实是害怕极了,诚惶诚恐,孑孓独立,像是困兽如临大敌,就这样开始这段旅程。我强烈地想要伤害某人,某个我不曾认识的人,这样我便不需要为他准备说辞;某个和我毫无关联的人,这样我就可以不假思索地肆意妄为,因为我感觉有时候自己的理智就是最大的敌人。

火车开动,深冬悬日的余晖洒在我的身上,我不再害怕,也不再哭泣,而是沉浸在白水煮蛋腐坏的气味中,我想丢掉大饼却不敢。那日我们起得太早,母亲费力地叫醒了我。火车驶向远方,那天的落日像是不可触及的隧道尽头。

那天的落日停驻在我的脑海中,无论何日无论何时它始终悬在半空。落日时分,太阳消失在地平线的尽头,孩子们开始啼哭,愁绪蔓延在浪漫主义作家们之间,从伊赫桑·阿布杜·

古杜斯到里尔克。忧愁毫无缘由地席卷着美好善良的生灵。一位儿童心理学专家写下：母亲们不需要担心下午六点左右孩子们的哭闹，因为孩子们本能地知道他们一旦被母亲抛下，只身一人，终究难逃一劫。他们的哭声是为了呼唤母亲，确认她们的存在，为了知道她在这里，自己会存活下去。而我的母亲，从这落日时分起便不复存在。

因为你是个浪漫主义者，因为你在落日时忧郁，因为你喜欢纸质信件，这种邮递员装在皮质邮差包里然后投进邮箱的信件，所以我会给你写一封。这或许是我此生唯一寄出又被揽收的信件。也因为今天这见鬼的雨夹雪从清晨起下个不停，我只能待在家里，这样的天气里我不想出门，我要给你写一封信。

现在的我，寻找可以写进字里行间，可以填满空白信纸的文字。但愿我可以找到与你分享的故事，但愿这事距离我们上次相见也不算遥远，还是说最后一次相见已经过去许久？我没有讲故事的天赋，我的述说也无人问津。

人总是偏爱道听途说。每当我讲自己的故事停不下来的时候，对方的眼神中都会充满对小道消息的渴望，那种令人兴奋的八卦，关于我或者关于任何一个不在场的人。这就是"namima"，流言蜚语。但是我们不说这个。不过，你应该已经开始察觉，我说的都是开口瞬间脑海中所浮现的话语。

比如说在咖啡店里，我看到坐在对面的男人坐在一张木质椅子上，我就会开始讲木工活的历史，木材的各种分类以及它们的使用，我可能还会说到这给地球森林带来的灾难，会把植被覆盖减少和荒漠化归咎于汉堡爱好者，资本主义的兽性和暴政还有巨擘跨国公司……如果对面男人坐的椅子是塑料材质，那我就会进入塑料宇宙，讲述它的发明史，从石油副产品到最新的外科手术室应用，尤其是分子技术医学这方面……

那天离开站台之后，我学了很多，我给这颗母亲说聪明的脑袋里填充了锲而不舍、孜孜不倦又无穷无尽的求知欲，让它变成一切信息的合集，覆盖各种领域，填满或是因为食欲过剩或是因为饕餮成瘾而造成的莫名空洞，却忘记最初的动机、原因和目的。那么，就让我利用这些知识储备来对付我的听众，让他哑口无言，或者用它来惊艳女人，惊艳你，我不会让你的脑子有片刻自由，因为我生怕你开始思考。就算对于你，我只有初次相见时的第一印象，我也不想，也不在乎是否了解更多关于你的事情。我滔滔不绝,不留给亲密关系任何滋生的空间,因为它是进退两难的困境。耳鬓厮磨的呢喃低语就像祈求打破孤独的忏悔,为内心无法承受孤独的敏感生灵驱散孤寂……

它确是字面意义上的进退维谷,让人陷入无底深渊,无路出逃,词典上就是这样说的。你等着瞧吧!

而我,你知道我身上不会发生这类事,除非是,神呐,比如说我对水管工的愤怒,他和我已经约定好时间,我也等了一整天,他却没有赴约。事实上我并不是一个会让人消遣的人,我也不会取悦你。我自己只会和你反反复复地讲述你已经没有兴致再听的琐碎小事;你小心翼翼地隐藏着对于这些重复信息的厌倦,与此同时,我深知你对此的厌倦,却不留痕迹地伪装无知。又一次故意引起你的厌烦是我与你交流的方式,我想告诉你,既然你在我这里求无所得,为什么还要和我在一起?在我这里你找到了什么,在我身上你看到了什么?

我知道自己是一个相貌平平的男人,甚至有些不好看,有时我礼数不周,或者说我的行为可能不合时宜,就像我在最后一刻打电话告诉你我不能赴约，我只说是因为我昏昏欲睡没有出门的意愿，却没有邀请你来我这里。在我的精确计算里，此时此刻你已经穿戴好准备着出门。我一边为自己推脱一边哈欠连天，我挂断电话，甚至没有与你重新约定时间，为什么你还不离开我？

你再次赴约，对我既没有指责也没有埋怨，你的心量之大，在贴面礼之后还能靠近我，直视我的眼睛，你专注且关切地眨着眼，问我："你还好吗？"如果这只是你打开的通向深渊的大门，那么我会立刻回答说我最近睡不好觉，以此开启我们愉快一时的对话，我们聊着天，聊睡眠与失眠，聊梦中的秘密和白日的梦想。但是，很快我发现你在我呼出的二氧化碳中奋力挣扎，顽强抵抗。

你想听的另有其事，你想要我与你诉苦，诉说什么让我失眠。因为失眠是最简单的突破口，你可以借此引导我吐露心声。可是为什么你需要这样的游戏？你分明可以毫不费力地看到我对你的爱：在你靠近我时，我如何呼吸过快，在掠过你的脖颈时，我如何像幼兽一样嗅闻，这一切都是因为你的美丽绚烂夺目也灼烧着我。你不需要我也可以知道自己多么迷人，一切都在男人们对你的凝视中昭然若揭。你肯定对此心知肚明，也是因为这样你才有足够的安全感，一次又一次地原谅我。像你这样的人，不曾担忧，不会怀疑也不生嫉妒。我也因此在看清你高不可攀的骄傲后立刻和你保持距离。在床上，我拿起一本书，和你提起我们一起遇见的漂亮女人，我丢给你一个眼神，当作你是我的兄弟，假装自己是人见人爱的万人迷。你同我一起嗤笑，毫无怒气甚至没有一丝波澜，然后你转身离开。

　　后悔无用。但是请你帮帮我，假装你有万分之一的谦逊，不至于你显得卑微却也可以让我感受到你对我的依赖。和你再提及我无父无母的成长经历也没有了意义。父亲从我的生活中被抽离出去，就像他不小心摔倒跌出了我的生命，就像母亲在把我丢进火车的同时把父亲从车窗扔了出去。在我们那个被大坝坍塌冲刷抹去痕迹的村子里，我不知道男人怎么爱女人，那里没有爱与被爱着的女人，那里只有无性别的生物，或者说我当时那个年纪还处在尚未性别分化的阶段。我为自己持续不断的饥饿感到羞耻，并试图掩饰，只有在上学的时候我才能忘记这些。无论在家里还是在街上，总有十来个年龄相仿的孩子环绕着我，他们像一群苍蝇或者蜇人的蜜蜂，最不济也像一群蟋蟀。无处可逃。无从建构男性气质、女性气质或者任何诸如此类的身份认同。

　　我鲜少提及这个地方和这里的居民,因为这些让我作呕。但是他们还是会在梦里出现,带来一场又一场噩梦。这里已经生出疥疮,被霉斑侵蚀。与之相关联的回忆也破碎成灰,如同麻风病人垂落的手指一样脱离我的记忆,枯槁,病态且贫瘠,已经错过医治的时机。每当我读到关于回忆童年的幸福,童年的天真无邪,童年在人们心中留下的回甘和他们对童年的无尽想念,我只觉得精神恍惚!鼻腔中生出一股混合着肥料和泥土的气味,眼皮被尘土和黏稠的液体覆盖,需要大量的水来冲洗,但是我没有水,一时睁不开的眼睛持续紧闭了一两个小时,直到成群的苍蝇再次出现,它们用尖牙利爪反击,也习惯了被扇巴掌。你想知道的就是这些吗?想了解我的童年?人们口中塑造成年人雏形的岁月?想必应该是快乐无忧的少年时代?

　　你重新提及我的失眠,不想错过这个借题发挥的好机会。你是不是会对我这样讲:你还是睡不好吗?你有听我的建议在睡前喝我给你说的植物调和茶吗?你为什么不暗示些什么,比如说我的失眠是为情所困?这不正是你的意图吗?好吧!昨夜让我辗转难眠的事情今天已经被抛在脑后。或是我在撒谎，不愿意坦白自己的亲密关系，但这却是你穷追不舍的话题；或是我放弃撒谎，因为我是一个焦虑又善变的人，而此时你飞来我的身边拯救我，或是我改变主意，不再想让你关注我这个失眠的男人……为什么我失眠的原因不能是你呢？为什么你不尝试把我从另一个让我失眠的女人那里赎回呢？

说实话，你对意义的苦苦追寻已经让我无法忍受。你变得像是你读的书中故事，开端、发展和结局。逻辑铁三角。我害怕你的狡黠，害怕你把我开膛破肚的企图，你像狩猎人一样，举起武器庆祝凯旋，将猎物扒皮抽筋，你手起刀落在下腹，猎物的心脏还没完全停止跳动，半张开的嘴还在喘气。

当然了，我说得有些夸张，但是你对待言语过于认真的程度也同样夸张，你把文字看作是法庭上的呈堂证供。这都因为有一天我对你说了你是我的唯一，但是任何一个不傻的女人都能听出来这就是男人油嘴滑舌的辞藻里最低级、最肤浅的表达。我确实对你说过我喜欢你，但是难道在我之前就没有其他男人喜欢过你吗？好像我是地球上唯一的男人似的！你当时垂下眼睑，几分娇俏几分惊慌，你没有回应我说你也喜欢我却期待着我们的故事能够展开,哪来的故事,哪有什么故事?我的女孩!我的这出"坦白"还不够吗?就算聪明如哈桑,也需要别人给他解释怎样赢得美丽的公主,他还需要喊着珍珠的鱼跳上他的腿①。你是要我去钓鱼吗?还是要我像法里德·爱德拉什②一样吟唱我的情意?

这样误解太可怕

等等!

有个人不停地朝我的方向看过来,他出来站在阳台上,盯着我看,他回去站在玻璃窗后,正对着我长时间地停留。我已经开始因为他而感到不适,我朝他挥手示意,让他不要再盯着我看。

我不是他这种皮条客的潜在目标。他这样长时间几乎不间断地监视我,肯定已经在我这里看出了你的存在,看到我们在他面前拉上了窗帘。没道理这样!窗帘挡住了我唯一的光源,

---

① 哈桑和公主的故事来自《一千零一夜》。
② 1910—1972,黎巴嫩裔歌唱家、作曲家、表演家,因歌唱时的悲伤而闻名。

我也不想为了摆脱他而始终紧闭窗帘。好像他的存在让我承认自己的恐惧，好像我自己因为害怕他而躲闪，甚至在关灯之后，我还在黑暗中窥视他，他始终站在那里，看向我，浓密的胡须背后不怀好意的微笑，好像他看穿了我的藏身之处。

你要如何解释这些？是吸食可卡因的瘾君子凭空而生的妄想吗？你真的认为我有毒瘾吗？就因为我不按照你的要求停止损害自己的健康吗？你真让我吃惊，活像个脱离现实生活的洋娃娃！对于你来说可卡因不是真实生活，各种你从这里那里搜集来的现成的想法才是，什么该做，什么不该做。如果你没有做得这么夸张我或许还能接受。我后退一寸，你向前一尺，占领空间，就连这仅有铺盖的房间，我也在你的影响下开始称呼它为"家"。这简陋的房间位于红灯区，邻近的房间都被老鸨们出租给楼下的站街女做生意用。简而言之，我们把这房间称为家。你帮助我摆脱贫困的意愿和你"忘了"桌上现金的行为都是出于善意，我不仅是穷困潦倒甚至可以说是身无分文，但是我的聪明才智，如你所说，是我的财富。这些都还好，但是你像电视上才有的龙卷风，带着清洁剂、消毒水、各种抹布、纸箱子和尼龙袋来到我家，你清扫垃圾，擦洗污垢，抛光镜面又分类垃圾，试图把这藏污纳垢的地方变成一个家！看着你幸福得无以言表，我怎么可能反对。没有哪条法律规定自由女性要喜欢脏乱的环境。是这样没错。

但是你发现干净的床单，滴露的芳香和消毒剂的气味明显减缓了我勃起的速度和我的性能力。你说抱歉，你侵入了我用来逃避外面世界的私人空间，你也答应让一切回归原本的样子，回到这场风暴之前。我开始在你到来之前自己更换床单，清理水槽，擦除灰尘，因为我怕你又对我有意见，就差为我们爱情的结晶腾空房间一角，开始组装我们一起在宜家产品目录里挑选的木质小床。

你压根没有活在现实生活里。有一次你半开玩笑地说你的月经推迟了。你想要怎样？当妈妈？还是当我妈？是什么让你想要承担这样的角色？冲上头的荷尔蒙蒙蔽了你的双眼吗？你不是文明开化且可以克制本性吗？你那些关于嘲讽女性气质的自圆其说的论调上哪里去了？难道说这些都只是为了让我平静的文字游戏吗？作个决定然后让我给你讲清楚，那列始发于乡村的火车把我带去了哪里。我的意思是，我如何忘记，如何迅速忘记那个送我上车的女人。若非如此，我如何留在那节陌生的车厢，任由它带我去向天涯海角？片刻之间我忘记她，她也忘记我。她从未来看望过我。或许是为了让我全身心投入学习。她的无知和她的落后留给我的只有水煮蛋的气味和火车隧道的黑暗。就算人们把她带到我的面前，我也不能从一群女人中认出她。这个女人，她毁了我的一生，把我丢在真主的土地上，任凭我流离失所，那里只有异乡人，背井离乡的人和无家可归的孤儿。我从没听说过她在找我。只有在她死后，一个兄弟不知道用什么办法找到我的电话号码。他说他是我的某个兄弟，但是我却一个也不记得。他又说我的母亲去世了。我想我回答他说，节哀顺变，你们的生活还要继续，或许我还说了什么其他类似的话。我的心中随之升起一团难以遏制的怒火。

我不懂他们为什么要联系我？他们告诉我这个消息的目的是什么？他们之前从来没有联系过我，没有询问过我的近况。

母亲曾经照顾过一只生病的母鸡，她整天把母鸡带在身边，让它不受公鸡们的啄伤，她手捧着粮食喂母鸡，直到她好转才放它离开。她为难产的母羊做礼拜，她守在它的身边，搂着它的脖颈，为它吟唱，在看到小羊羔在胎盘里动弹时她会发出欢快的"呦呦"声①,在听到羊羔们因为缺少奶水而发出咩咩声时她会伤心地哭泣。但是她对我,却完全不是这样。她可以很多天都不瞧我一眼,给我洗澡的时候,她从我的头上浇下滚烫的开水,如果我有所抱怨,她反而会厉声呵斥。我只是一无是处的我,不会下蛋,不能产奶,不能割肉,我只是一个要填饱的肚皮,一张要吃饭的嘴。后来,她送走了我,送去一个她压根不了解的地方……

她死了。我也报仇无门,无处清算,无家可归,就算这归途只会出现在噩梦中,在梦中我会找到一个简单的方法告诉她我的脑袋里的所有催产素都已不复存在。我会和她解释说这里的医生将催产素视为母子之间的联结,她会认可科学知识,我还要告诉她我的大脑不同于兄弟姐妹们的大脑,如果给它拍 X 光片就会发现里面有许多黑色的区域,射线也无法穿透,这些区域处理人的抑郁、恐惧、暴力和自我封闭……

我在一本书中读到过母亲们如何因为过度的依恋而吃掉自己的男婴,她们如何反哺自己的孩子,因为除了她一切对于他

---

① 阿拉伯女人某些场合会发出 yoyo 的尖叫声。

都是艰难困苦。她送他回到幸福的极限，除此以外没有其他幸福可以与之相比，她的五脏六腑只有通过男婴才能汲取足够的养分，她将献祭他亲爱的尸体，因为他是他，这份爱吞没一切，哪怕是尸体。

我被母亲像丢垃圾袋一样丢上乡村火车。这就是为什么我从一开始接受了你的游戏。你是间或出现的小妈妈，我嗅闻你的乳汁，也试图保持我的男子气。尽管我一再努力尝试，但是这确实不可能做到。就像是一个人走向深渊，深渊在他的面前清晰可见。每当靠近她的乳房，我就会想起母乳，我不敢揉捏她的乳房，生怕白色的乳汁流到我的手心，害怕闻到白色液体的腥味。

但是，我在"家里"闻到大蒜味的时候，我确信你已经"扩张"过度需要立刻停止，甚至被全面清除。如果你只是煎鸡蛋或者打开一盒沙丁鱼罐头，我还可以接受，但是用蒜，这可是意味着你在正经做饭，也就是说摆明了要占据地盘，任何对此反抗都是白费力气。因为谁会反抗愿意亲吻一张散发出蒜腥味的嘴呢？这个女人可以忍受令人生厌的男人味，她可以幸福地给他洗内衣还有脏袜子。哪个男人会反抗母亲一样的女人，就算明知道她想吃了自己？

我……我想我已经不得不去和这个不停地看我的男人聊一下。或许我们可以互相理解。我会坦白地和他说我喜欢女人，且只喜欢女人，我对同性恋者没有任何意见，我甚至有些这样的密友……我发觉他听力敏锐，所以我会和他有条不紊地说明他这样看我使我感到不适，或者说开始使我感到不适，但是这也没有必要闹到警察那里去，没必要和他们解释……

我不会迈出这一步。我曾经在书里读到过，有些同志被压抑的欲望最终转化成极度暴力的犯罪行为，他完全没有办法控制，他的施虐行为没有边界，甚至杀害他人的行为也不能满足他近乎病态的欲望。他们中不少人最后成了连环杀手……这些确实是我在一本论斤卖的便宜书上读到的，

但是谁知道呢？谁能说得准呢？事实是我害怕那个男人如影随形的目光。

我再等等，或许他会厌倦自己的行为然后停止这一切。

我本想问你是如何轻描淡写地应对这样的爱意？这样独一无二的激情，我想要和你做爱十次甚至百次的欲望，这些你都察觉不到吗？你听不到我的心脏跳动过快，摸不到我的脉搏紊乱，看不到我几乎喘不上气快要窒息吗？你感觉不到我像仆人一样随着你的律动而动，像性奴一样服侍着你吗？我难道不是从脚趾到发梢吻遍你的全身吗？若不是我顶礼膜拜过你每一寸光洁的肌肤，我又怎么能够闭着眼也能找到你身上最小的痣还能记住它的颜色呢？你究竟是怎样才能将我对你的爱视为缺憾？悲剧啊，这简直是一出悲剧！我已经对你毫无保留，我对你的欲望至纯至粹，圆满无缺。

是你让这份爱有了瑕疵。你持续不断地追问，向我要一些"保证"，要所谓的"售后服务"，要我说出什么时候……你想要我无法通过这场无休止的考验。这样我就会在你的一再坚持下被迫说出你想听到的答案。当我给出的回答不是你想听的时候你也不会抗议！我对你说我们的关系当然会随着时间的流逝，无法逃避地滋生出对彼此厌倦，我的意思是凡事最终都会回归原本的轨道。我会重新开始觊觎别人，垂涎她们的肢体和乳房，对我身边的你的胸部和你的辞藻熟视无睹。你相信这一切，很快看清了事实，我的逼迫让你落荒而逃。可能我说得有些夸张，你可能还是会短暂地负隅顽抗，你气不过却也疲惫不堪……我的谎言不需要拆穿，我的花言巧语摆明是对你的欺骗，借口自己因为忙碌所以几天甚至几周都不能见你。你问我忙着做什么，忙着去见谁？

在分开一段时间后，我再次见到你，我惊讶地发现自己的谎言居然成了现实。没有你的生活确实可行。我是说这些是事物运行的自然法则。分手没有从我这里带走任何……我们在街头偶遇，我与你背道而行，你向自己家走去，我深呼吸对自己说，我不会回头，不和我已经抛弃的女人旧情复燃！我立起外套的衣领，然后走开，步履轻松愉悦：美丽善良的女人，我们已经一起度过了最好的时光。

又或者我立起外套的衣领，试着深呼吸，但是却忍不住痛哭起来。我止不住地啜泣，用没人能听懂的阿拉伯语哭喊着：她早晚会厌倦，她会厌倦我！一定是这样！我没有一处讨女人喜欢，这就是为什么她和我一起进入这场煮饭游戏，把出租房单间变成家的游戏。这就是自然法则。她迟早会甩了我，而我不能接受。

在我写信告诉你我犹豫不决的这一刻,我向你诉说自己内心摆脱你的解脱感和失去你的戏剧感以及我们共同的失败,我是真的悲伤。

但……但是那个家伙是怎么在这样寒冷的中杵在那里一动不动这么长时间的?难道说我一离开,他就会回到公寓关紧阳台门?他仿佛是在我点燃火柴或者拉开窗帘时看到的幻象。他有点像我们那天在市中心超市遇见的那个让人绕道而行的男人,尽管你当时嘲笑他过于浓密的胡子和躲闪的眼神,但是在睾酮的作用下我还是不得不把你视为自己的战利品,隶属于我。是啊,有时候你的美貌不利于你,唤醒我的兽欲,让我露出犄角,愤怒地蹬地然后在扬起的尘土中喘着粗气。但是我因为你而吃醋却不意味着我真的爱你,这只是雄性动物之间的竞争,是在比较谁的蛋更大,更不用提两个雄性同时所处的地方还有在场的雌性。

这些都刻在我的基因里,我也不想在还要与全世界对抗的战役中还要和自己的染色体作斗争……为什么我与全世界为敌?我不知道,你去问这个世界!或许是因为我觉得自己无时无刻不处在战役中却手无寸铁。每次我出门都会满身淤青地回到家，不是因为我不会还手而是因为我没有武器来源，更糟糕的是我身体虚弱，不敢和任何一个人动手。我弱小且怯懦，我的愤怒只会双倍反作用在自己身上。

你有时会抱怨我的侵略性，你不理解它从何而来。你问我为什么愤怒，不是出于对我的爱为了安抚我，事实上只要我们滚进床单就可以驱散这些情绪，而是你非要刨根问底在我心里再挖出一个窟窿。

你记得我第一次看见你吗？我说你像四十年代的电影演员。这明显是为了夸你美丽。但是你却没有任何反应，一个微笑都没有，我心想你赢了第一个回合但是你会为此付出高昂的代价。自从你上了我的床之后，每次我从你的体内退出来之后都会深吸一口气，尽我所能扮演好我给自己设定的角色。我轻抚你的头发，问你刚才怎么样，这事儿满足你了吗，和你想要的一样吗？像刚刚干完活的水管工询问女主人是否满意。我这样对待你却是过于粗鲁了。但是我想要你远离我，我给你讲那些我已经说过很多次的疯言疯语，或者我站在窗前和你谈论外面的天气，好让我提醒你这个外面的世界还存在，在你停留得太久之前要回到外面去。我穿上衣服送你出门，像绅士一样，哪怕只是一小段路。让我深感受伤的是你竟然不拒绝我这些见不得人的做事方式，你不生气也不咒骂我，你每次过来都像是无事发生。靠！你怎么接受的？你为什么不爱我？你见鬼去！

我第一次打你的时候，你急忙跑过来抱住我，我就知道摆脱你比我想象中要困难。第二天我向你道歉，说我不知道你究竟想从我这里得到些什么，你哭着回答说你自己什么都不想要。真的？哪怕是？真的什么都不想要？那你为什么像一个拿着空瓶子的人，在我的身边兜兜转转，而我并不知道你希望我用什么填满它。你以为我向你隐瞒许多故事，掩藏更多的秘密？如果是这样，那你为什么要回来？你看不到我毫不掩饰自己和其他女人的关系吗？你觉得自己在我这里被特殊对待，就因为我给你讲她们的事吗？我觉得你清新脱俗？我把你放置在我的亲密关系中心，你的位置高于其他人？还是说你文明开化的思想拒绝身体可以被其他人占据？对于你来说，拥有我的身体也毫无意义？好吧，就这样吧。你再也不要来敲我的门，也别非要敲到我开门为止。你绝不可能赶走我床上的女人，也不可能用满头大汗的样子赢回我。你再也不能让我的头靠在你的胸口，也不能再轻拍它。你为什么如此残酷？你又是怎么才能相信我打了你之后的悔恨和眼泪？

你像是来自一个已经一去不复返的时代，尽管你坚持否定，你还是带着那个时代的空洞、虚无和缥缈，让人想起那个时代装点了阳台的女人们，她们脸色惨白，被肺结核折磨着，在霓虹灯光下被寒冷钉住，像是冷冻的鱼；与此同时，其他女人吮吸白马王子的鲜血，给他改头换面，向他的颅内注射硝酸，把他的白马涂上锑黑和彩色脂粉，她们嬉笑打闹，笑得直不起腰杆。

事实上，你感受不到我，除非我单独站在你的面前。你不知道当你因为其他男人的玩笑话开心的时候，我会忍不住想要给你一个耳光。我对自己说等会儿再动手，等到我们两人独处之时。

我会解释给她说我嫉妒，我敌视你周围的人，不是因为我害怕他们而是我不看好他们。你和这些人相处，你和他们嬉戏打闹无疑是愚蠢的。你真的这么需要娱乐自己吗？是因为我让你厌烦和无聊吗？你那双美丽的眼睛看不见我是如何贪婪又急不可耐地舔舐你的下体吗？这至少让人放松不是吗？你不理解这份爱！每次和你做爱我都会做到后悔。我问自己是怎么了，为什么要和这个女人纠缠不休？我的欲望给予她我自己无法承受的力量。晚上我梦到你的时候都会惊醒，就像做了一场噩梦。然后我开始怀疑自己的性能力，确信自己已经永远失去了它。我像是中了邪一样地寻找你，找到你之后，我不惜一切代价证明自己的清白，指出我们的关系不堪一击。在咖啡馆里，我沉默然后哈欠连天，不停地为我们不能经常见面的外部原因感到可惜。当然，你会看看手表然后把我丢在那里，深陷在自我较劲的泥沼里。我留你再多坐一会儿，你认定我要对你吐露心声。就这样僵持到我自己也看向手表，我把你丢在咖啡馆，匆忙地离开，为自己浪费了你的时间而道歉。我行走在清新的空气中，买面包和水果。我想象着自己回到你家，你生着气问我为什么非要见你！我想象着你出门去见你的朋友们，我就把面包和水果扔进最近的垃圾桶，爬上空荡又冰冷的爬梯。我可能会拜访一位女性朋友，或者带她来我家，给她准备一顿惊喜晚餐和成堆的俏皮话。

我确实不适合你，我也反对门当户对，我没有从任何一个人身上学会这点……

当我一个人度过夜晚而你的面孔像鬼魂一样萦绕着我的时

候,我备受煎熬,悲伤地想象着你没有我的样子,相思成疾。我深受折磨还因为我的家里没有你的空间,而你拒绝停留在门外。

……你说得对。我能邀请你去过什么样的生活呢?我穷得卑微下贱,我让人觉得我在对抗自己的命运,因为像我这样的人不会拒绝任何有薪酬的工作,用劳动换取报酬是一件令人尊敬的事情,确实是这样但是工作……我工作过,曾经在那个发动政变的军人手下做事,他创立了一份报纸,想教给人们民主的根本原则。每次劳工局的检查员来视察工作的时候,他都会把职员们请出办公室,我们像是被驱赶的羊群从主人宫殿的楼梯跑下,跑向马路,在咖啡馆等待门卫来找我们,门卫也是他的贴身保镖,负责他的安全,他会对着我们吹口哨,暗示我们可以回去。这是因为我们是没有身份证件的黑工。这位民主爱好者逃离他的祖国,或者说他和那位"历史性的领袖"达成某种共识,保持一定的距离。或许人们会忘记他的屠杀。他设法把聚集起来的工人们安置在他的宫殿里,他在这个他买下又改造成总部的地方教我们和自己的流亡生活和解,就像他一样,因为我们热爱自由,无法再忍受我们阿拉伯国家的压迫和落后。

因为我们热爱自由和民主，又是异乡人，我们中想要合法身份证明用来申请居留证件的人都会被门卫带去一楼的秘密调查室。这间"调查室"名副其实，在这里他可以驱逐任何人，他只要给保安一个信号，后者就会陪同员工收拾物品，然后安静地从常年上锁的大铁门离开。我们不知道检查员怎么解读空无一人的办公室和桌上依然温热的咖啡杯。我们苦涩地重复着，安慰着彼此，说这就是流亡生活的代价，我们是祖国的孤儿，来自清贫的家庭，我们答应彼此再相聚，答应彼此一起找工作。

奇怪的是我从来不曾惹怒过保安那家伙，在某种程度上我觉得他人还不错。我们一起嬉笑，特别是笑话我们身材之间的差距，他壮硕魁梧，与我形成鲜明的反差。他喜欢在文字工作者面前显摆他的力气。他肯定想知道写作对我们有什么好处，怎么能与他的强悍心脏和肌肉相比？他像个巨人孩童，顽皮脸孔下的脖子壮得像水牛，他让我们想起我们村庄里那些声称自己可以举起重物、打倒公牛甚至抬起卡车的人……我和他一起消遣娱乐高谈阔论但是我从来没有和他聊起过他对报纸的贡献。好运眷顾我，他不曾陪我走出那扇大门……

我穷得卑微又下贱，我反抗了吗？我辞职了吗？我像一头自己拉住缰绳的驴子。直到那天早上。和流动工人一样，我们等在门口，反复按下门铃，抬头看向上方的监视器，祈求他们没有要延期支付薪资的打算。但是大门始终紧闭，无人回应。我们长时间停留和等待，直到安静的马路因为我们的聚集而变得嘈杂，麦克风里终于传来回音：今天不上班！这声命令在之后的许多天内反复出现，我们最终只能放弃等待。我们之间没有一个人愤怒也没有一个人想要报复这位军人领袖、窃取国家资产的盗贼、毒品走私犯、热爱民主人士，他曾经愉快地给我们讲课还给我们分发糖果。我们重新寻找工作，找和这份刚刚丢掉的类似的工作，它可以支持我们哪怕短短几个月的生活，因此我们不得不保持沉默并且遵守规定。因为没有工作合同的人没有资格抱怨。

在几次类似的冒险经历之后，工作市场上可能的选择已经所剩无几，或者说财富流向了其他市场。选择愈发受限，最后只能在可卡因和宗教狂热分子之间二选一。既然我胆子不大，甚至可以算是胆小鬼，我自己更倾向于前者。

我去了几次"国家"咖啡馆,提供运送箱子的服务,但是没有人雇用我。我离开咖啡馆,也没有再去找宗教团伙。我想自己不可能和他们共事或者与他们相处,因为既然走私犯那里我已经失败了,我又怎么可能……

后来我想要更新护照的时候,突然被告知我是被国家驱逐出境的不速之客,他们没收了我的护照。我说:没关系,拿去吧!我并不想要用这本护照回到故乡,我只是想要更新这里的居留证,或者是搬去另一个阿拉伯城市,比如说贝鲁特或者安曼。我之后开始思考没有了居留卡,我如何在这里生活。非法移民永远找不到工作,不可能……

就这样我发现自己成了持反对意见的人,在一篇我从阿拉伯语翻译过来的文章发表之后,我被列为"反对派"。我是译者而不是作者,翻译的稿酬杯水车薪。我想如果真是这样,我就去找反对派吧,我会在他们之中找我和我情况相同的人,或许他们会以某种方式帮助我,他们有自己的做事方法、社交平台和处世之道。

他们中间没有一个人支持我。尽管他们有不少分歧,但是我们达成了共识，我是个可疑的投机分子，我需要被监视直到我可以证明自己值得且有资格被信任。

还有什么可以告诉你？

除此之外，我迟钝，好斗又暴力，更甚于此，我吸毒成瘾。我最美好的性幻想是看着你被我送到另一个男人的怀里。你全身赤裸，在他身下或者身上。或许我可以治好自己的妒忌。我喜欢看你像其他女人那样，你的身体健美而又充满欲望，你穿梭在许多人的掌心和唇齿之间，他们让你的肉体焕发着光彩绽放。

我想看到你像我的邻居面包师傅的妻子一样，在我弄疼你和抽打你的时候笑着扭动，在欢愉的呻吟结束后又急着去填饱自己的肚子。没有比公共场合更美好更实用的地方了，若干个世纪以来，男人们都在那里毫无保留地交流着……

除此之外还要说的是，我想你了。

我这又开始胡言乱语了。所有市场上的可卡因都是走私来的。除了价格昂贵的,它们都掺了扑热息痛。它不能让我提振精神,反而让我的大脑极度缺氧。

我为什么要和你讲这些?

噢对,是为了给你解释为什么我一贫如洗,走投无路又没了证件。但这不会让我和你的关系有任何改变。我现在给你写信不是为了找回你,而是因为这封信可能是我的临终之言。我没有幻觉。我需要找个年纪大些的女人,寡妇或者守活寡的,满足于我做她的丈夫,我也可以得到合法居留证件,甚至入籍许可。

真主啊,这太荒唐,我的生命大多数时候都在荒唐中度过。

忘了我给你写的这封信。我只是想和你说话,想和你多待一会儿,因为我想你了。我已经记不清我写到了哪里,我也说不清自己是不是把这封信的一些部分写给过除你之外的其他人,或者写给了我想象中的双胞胎兄弟,或者其他类似的情况。忘了我写的信,因为我自己已经忘记。都怪可卡因!

如果你现在过来。

如果你现在过来,我们可以一起忘记所有。我会对你说:和我一起站在窗边,一起透过玻璃,欣赏这美丽的夜晚,看这座城市在它的光影中伸展,看这座城市在困倦中蔓延。过来,让你我的肩头相贴,像是姐妹俩背着家人偷偷观赏夜晚,告诉我你看到了什么?不要让思绪牵制你,你看到的只有这一夜,没有背后的故事,没有上方的灯光也没有脚下的大地。夜晚就是一切。

脱掉你的鞋子,舒展你漂亮的双脚。不要担心时间,你想要多久都可以,我在这里,站在你的旁边。我不会疲倦,如果你倒向我小憩,我也不会叫醒你。我会站在这里,直到力气耗尽,直到你压断我的骨头。

你等一下,我马上回来。

这个男人,站在我的窗边看我已经好一会儿。

他长得不像之前那个大胡子，像他本人。他是一个情报人员。与滥用药物、贩毒无关。我不是毒贩也不是大量吸食的人，没有必要从我住了几天或者几周的酒店房间外面监视我。他是大使馆拒绝更新我的护照的人派来的情报人员。这真是好笑，既好笑又可怕。或许是时候向他解释情况，让我们和解……

我会回来……

困倦侵袭，我昏睡了过去。

我从不是擅长等待的人，在这里我也没必要负隅顽抗。我无法抵抗的困意，无法从脑海中和四肢上褪下的疲倦尚未出现，尽管我在这房间中找不到任何可以消遣或者打发时间的东西。我只能用目光打量和跟踪房间里的各种物件，假装它们意义重大且内涵丰富。我们在闲暇时会不自觉地寻找事物与意义之间的联系，就像是我们本就认识这些物件，或者它们让我们想起某个地方和某个故事。我发觉这里的衣柜门把手和我姨妈家的相似，那是姨妈在战争期间不得不离开的公寓。

我凝视着衣柜门，目光追随着木纹的线条直到眼眶湿润。而后我转向床头的矮柜，犹豫是否要拉开抽屉。我知道里面有什么：一本薄纸材质的《圣经》，每间欧洲旅馆都会有，一本早就无人问津的通讯录，被保洁阿姨遗忘在那里。

真不知道有多少住客和我一样，在这间房里为了打发时间而看着家具出神！或许除了那个在入住指南里留下一封信的人，留在那已经没有人会再翻开的指南里。

这样小的酒店需要什么指南呢？如今人人都有智能手机，没有人再需要它，它在那里就是个摆设，店家试图用它来把房间装点得奢华典雅，可它现在已经显得老旧，四周磨损，和《圣经》一起被遗忘在角落。

我在这里找到的信件让我疑惑不解。这封信里说写信的男青年住在一间装修简陋的廉租房里，房间位于附近的居民区街道，这封信怎么会在这里？再者说，这信也没有写完，让人不自觉地为写信人担忧起来……我想他现在可能被关押在监狱，因为他在信里说担心被自己国家的情报部门监控，可能他后来去见情报人员，可能这次会面无法收场，他也就没能写完这封信。这封信写给她爱的女人，但是她……我认为那个女人把信藏了起来，好让诸如情报人员不能找到……毕竟写信人在里面承认了不少事情，比如非法居留、吸毒上瘾还有其他足以让他落入法网的事情。尽管我不知道具体怎样，但可能这个女人收到信件的时候正好在这间房里，然后她忘了它，藏着它或者弄丢了它……无论如何，写信的男人都没能写完，这意味着他与情报人员或者他以为的疑似情报人员的会面以灾难或者悲剧收场……

还有一种可能，情报人员租住在这间房里，监视信件主人，他在去信件主人家搜查文件和证件的时候找到了这封信，他最终把信件遗忘在这里，因为这封信对他来说没有价值。

所以说，空闲是一切想象和意义的来源！

但是，阅读这封信的时候，我几乎能够听见他的声音，看见那个独行侠站在他的玻璃窗后，独自看向夜晚的空洞，没有她在身边，我是说那个他爱着的女人，或者说他不再……那封信看起来像是诀别书，我不晓得他是否真的要将它寄出，毕竟他还没有写完。

我更倾向于相信是情报人员找到了这封信，把它藏在这里，然后忘记了这一切。这里，我想说这个酒店房间，坐落在声名狼藉的街区，这里的建筑物随时可能倾塌，楼里房间的装修也都已经破败不堪。

但是，我为什么要说这些？是为了让我在等待中可以得到几分消遣，也因为信件主人的那份孤独像是我自己的孤独……就算他的故事和我的生活没有一点相似。但是我听着他的抱怨，感觉自己像是他的老朋友，也感觉自己仿佛就是那个女人，是他诉说的对象，或许是因为我想对他说的话或是我想要给他一个拥抱。真是奇怪！因为我从来没喜欢过那个女人，若是哪天我与她相见，当然这是个可笑的假设，但是我会给她劈头盖脸一顿数落。我甚至想象到自己提起诉讼，控告她偷窃信件，并把它藏匿在这里，比想象检查员搜查她的房间更离谱的是假设她才是杀害写信人的凶手，而不是情报人员，或者是她的丈夫，他发现妻子和写信人的关系之后派遣赏金杀手，被害人误以为那是来自祖国的情报人员。

诚然，我常常如此，轻易地徘徊在我丰富的想象，我是说我的幻想，和现实之间。我混淆了幻觉和事实，但这并不让我担忧，因为它事实上让我觉得愉悦。就好比我在睡着的时候看见一个梦境，之后的整个白天或者更久的时间，我都沉溺在它的细节里。可能在睡梦中一个去世已久的朋友会回到我的身边，他的在场可以安慰我许多天，我也不会混淆他的生死，不会忘记他已经不在人世。

他的陪伴让我欢喜，尽管他已经不在，但是这样的出现没有一丝悲伤或者哀痛的意味。就像是他因为想念我或者我想念他而来看望我，他的到来已经从过去的苦痛中剥离出来。我曾经确实想象过他的身体在坟墓中逐渐腐烂的过程，肿胀的肉体和惨白的蠕虫，我的确想象过诸如此类的画面。

但是什么让我写下这些，这可能让你对我感到恐惧，或者让你认为我的状态有些不稳定。我认为是那个男人的心把我拖入这些故事……

起初我给你写信是为了填满等待的空白。我不知道等待中的人们如何行事。

我原本想要告诉你我这个人从不等待,就算是去看牙医也是如此。我的意思是我等待的时候只愿意睡觉,也就是说我在打盹。我以前不这样,原来的我在约见对象迟到时会急得跺脚,焦头烂额,脑袋里净是责骂和愤怒的话语在打转。从某时起,我忘记了我在等的人,也忘记了等待这个人的原因,不一会儿我的上下眼睑就开始打架。打个比方,若是我在咖啡馆,我就会把脑袋埋在手臂之间,身体下沉,整个人蜷缩在座位里,我把包放在肚子上,假装是毯子盖着自己,我就这样睡去。这样的睡着不同于夜间的沉睡,而是打一个盹,在里面完全逃离白天的日光,或者像是喝得酩酊大醉……我会为了让你放松而念叨不停,也因为你会问我在等你的时候有没有觉得厌烦,你提心吊胆地说着抱歉,解释说你迟到是因为受困于暴风雪。你走进屋来看到我的时候能说些什么呢?你看到我,一个人,岁月沧桑,垂垂老矣。我是说毕竟过了这么多年。我会琢磨如何开口和从何讲起。

等待中的人都会对自己等待的人或事有一些细致入微的了解。他反复琢磨这点只为自我稍事消遣。不是说我对你一无所知,而只是我对你的了解少之又少,这些记忆甚至已经在我的脑海中剥落。随之而来的是,在我想起你时,我迷失在关于你的记忆碎片和我的想象之间。我因此感到不安且心神不宁。你或许觉得这些莫名其妙，但事实上我只有在一个人在家独处的时候才能真正松弛下来。在家里，我是可以在门外就听到屋内的音乐，我转动插入门锁的钥匙，告诉自己这音乐是我的旋律，我不在的时候没有人乘虚而入，没有人触动过这屋里的气场。这意味着我独自在家也不会感到无聊。日复一日，我渐渐地发觉孤独成了一种绝对的奢侈，一笔可观的财富。孤独处在一团只有我呼吸的空气里。当他人在马路上，公交车里或者电梯间里不小心碰到我或我的衣物，或者有人绊倒时抓着我的胳膊再站起来，我会觉得像是被电击，像是被毒蛇咬伤，我因为疼痛和愤怒而发出惨叫。我知道这是种疯魔病态的行为，于是深吸一口气，挂上微笑然后假装心胸宽广地接受对方的道歉，试图掩饰我已经不适到心跳加速、汗流浃背的事实，或许我苍白的脸色对此有所帮助。肯定还有很多人都和我一样对于肢体接触感到不适，但是他们的行为模式更加缜密，不曾流露出一丝厌恶。和我一样的很多人还会在餐厅仔细端详干净的餐盘和酒杯上的指纹，不是因为他们有洁癖，而是为了确认这张桌上没有他人留下的痕迹。

  尽管如此，我在这本入住指南里找到的信件没有让我感觉到有其他人在我入住之前留下了什么痕迹。

酒店房间不断地被曾经住在这里的人占有着,新下榻的客人都带着几分担忧和恐惧,就像命中注定,他们一定会在房间里找到曾经居住在此的客人留下的痕迹。但我却进入了一个空荡荡的房间,仿佛留下信件的住客是我熟悉的人,只需要触摸信纸就可以认识他,就算这封信中使用的语言对于我来说是门有难度的外语,有些生词我不仅不太理解,甚至需要反复揣摩它们的意思,更不要提写信人歪歪扭扭的字迹和其中一些蜷曲的字母,活像昆虫的尸体。

但是我为什么再次提起这封信呢?!

或许我和你讲这些是因为我想告诉你,我在这房间里开始活动,就像他在他的房间或是他的家里所做的一样。我走近窗户,就像是我们一起走过去;我拉开窗帘,好让我们可以一起欣赏雨天的风景。我甚至差点出声和他说话,直至意识到和他说话无异于和鬼魂交谈!或许我之所以想要发出声音是为了掩盖窗外的雨声,那些不间断地落下的雨滴,这场在我走出机场之后就不曾停止的大雨。嘈杂的雨声填满我的大脑,我想在我的到来前这座城市积雪已经融化，又或许这里从来不曾有过冰天雪地的时刻；我把这里和暴风雪不断的加拿大混淆，又或者是我在从机场过来的路上编造出风雪，说服自己你不会从加拿大过来，因为那里的暴风雪阻止航班起飞。

正如我和你所说，每当事物在我的脑海中混为一谈，或者老实说，当我自己在脑海中混淆一切，我就这样心生欢喜。多亏了这个习惯，我才会约你在这间小酒店相见，一边在心里重复着你不会来，一边又在这里不停地等待。我想这和年龄有关，我已经活了大半辈子，看待一切都有既定的逻辑，现在的我超越了过去的自己，停止跟随他人的逻辑行事。

在我绝经之后，或者说自从我的父亲去世之后，我看见自己的灵魂墙壁上生出一个洞，洞中冒出刺骨的寒冷，它同时让我从令人目盲的围墙中解脱出来，尽管我并不晓得是谁以及在什么时候建造了它们。须臾之间，我察觉到这一切，整个世界涌向我，我险些被淹没。父亲本是我的护盾，保护我的四肢免受威胁，他也是我的魔法头盔，我戴在头上，心中就可以生不出黑暗的思绪和仇杀的念头。但是也正因如此，借由我对父亲的爱，他将我钳制。我任凭自己沉入深渊，但是我身着铁甲，缩进灌了铅一样沉重的潜水服。我溺水，被保护着溺了水，我沉入无底深井，没有什么可以杀害我，更没有任何人可以解救我。

父亲死后，我对仇恨的束缚消失了，我在对曾经错爱的人的敌意中获得自由。就像我离开自己过去所在的世界，不再违背自己的心意只为行驶在康庄大道上，或者乘坐上名叫善意的车厢。这些都只是为了让我已经不再爱着的人继续爱我，我就这样荒废半生……现在，我要将他们从我日子里尽数抹去。

或许我是在这样的精神状态下读了那封信。说的就是接近那个陌生男人的逻辑的欲望，想要去另一个地方，不同的地方；试图理解自私的逻辑，不受束缚，自由自在，逃出生天；不再苦求他人的认同，不再追寻道德上的赞同，不再渴望集体基于原则、法律和教旨的允许。这样，他自己建立属于自己的准则，自己定义什么是力量和软弱，什么是成功和失败。某种形式上，他的弱点转化成盛大的力量源泉。试想一位每天被虐待和强暴女性，每天遭受着精神上的剥削，想象她同时开枪杀死了和自己结婚数十年的丈夫。

她在法庭上说自己没有一丝悔意，她准备好了毫不犹豫地再杀他一次，她说在那一刻，一股力量涌进她的心脏，足以支撑她飘飘然地过完自己所剩无几的时间。你会如何给这件事定性？是复仇还是背叛？或者说是重新获得呼吸的基本权利？

自由未必需要强大，强大也不自动带来自由，正如历史书和英雄传奇，坚定不移，勇猛精进又步履不停，乘着光束引领周围的人。我的邻居在亲眼目睹自己的儿子惨遭割喉之后从五楼纵身一跃而下，对于他来说周围的人和事又意味着什么呢？神父在他的墓前所有讲经说法对于他又有何用呢？神父声称耶稣不爱自杀的人，但是除了他们，我们明明都知道耶稣自己就是位殉道者，不是吗？我的邻居是位孱弱多病的老人，身体衰弱，精神不振，但是他决定给自己自由，从五楼的窗户起飞。我也会告诉你，如果你来，我是怎么下定决心给自己自由，飞到这里来……我们等着瞧。

我记得自己在离开家之前关了手机，我本该保持开机状态直到航班起飞。或许你曾经尝试联系我，告诉我你会迟到很久，或者你改变主意不会来了。这些都是合理的可能，尽管是你找到我，我想你是费尽心思才找到我，因为你和我讲过这些。尽管我早就关闭了自己的脸书账户,但你还是设法找到了我,不知道你是通过谁找到的我?我之后会问你的,如果你来。无论如何,人当然都可以改变主意,但是我又该如何才能知道你是否改变心意呢?前台没有告知我有任何通讯消息。是暴风雪切断了你们那里的通信信号吗?或许吧。这在我们那里时常发生。

午夜前夕,我才意识到自己一整天都没有进食。在我打电话给前台订餐前,他抢在我开口询问之前先对我说抱歉,没有任何人试图联系我。真好!我开门,呼叫电梯,想要去最近的酒馆或者餐厅,但是突然间感到困倦来袭,同时想象着自己在雨中奔跑,没有撑伞,疲倦和困意落在我的身上,我像是瘫痪了似的动弹不得。我赤裸着钻进温暖的被窝,衣物放在离我不远处,以免在我睡着的时候你来了。我很快入睡,但不到一个小时之后就因为膝盖和腰椎的疼痛清醒过来。我一点都不好。我觉得自己就要病倒,或者说我已经病了。我需要尽快回到睡梦中去,因为我就要形容枯槁,如果……

破晓时分,我感到自己的状态好了许多,我叫了早餐送到房间,吃光大盘子里的所有东西。我拉开厚重的窗帘:雨下个不停。

尽管我心情不错，但依旧无所事事。

如果你在，你和我就可以一起看这只麻雀在雨中的空旷马路上雀跃不已，就仿佛它不会被雨水打湿。一只孤鸟，离群索居，没有对象去效仿，参照。一只孤零零的小鸟，快乐是它的本性，在这偌大城市里荡然无存。或许是因为年龄的增长，它不再需要任何人，尽管鸟类在我们看来永远不会有上了年纪，或者说步入老年的样子。飞鸟总是年轻，不会衰老。奇怪。没有人知道为什么我们无法想象鸟类的衰老，也无法想象衰老将鸟类带向死亡，致命而又顺其自然的死亡，和其他任何生物一样走到生命期限的尽头。这或许是因为我们从未见过一只老鸟，没有见过任何一只鸟的行为如同衰老的人类，比如说当我们停止在备忘录中擦除已逝亲友的姓名、地址和电话号码，就算我们继续这样做，也不会是为了腾出更多的栏目，而是因为我们把新的名字和地址记在纸张的下沿或者零落的纸片上，我们不再因为害怕丢失而把它们夹进备忘录，我的意思是对于我们而言，丢失与否都已经无关痛痒……

有一次，我想要买张新床对付可怕的背痛，我告诉热情洋溢的售货员说我确确实实不想要花钱买一张比我还撑得久的床，在我死后的许多年间，在它的售后保修期覆盖的许多年间，它还保持原本的高品质。我不想给自己死后还长存的事物支付高价，在我像块木头一样僵死在床上的时候它依然保持崭新，而这张床，如他们所说，会在我的尸体下继续"呼吸"，我厌恶这张床也绝不会买它，于是我转身离开商店。

这就像是有人一边把你钉上十字架，一边向你夸耀木料的材质和不锈钢钉子的品质。诸如此类的事情在我们的市场生活中时常发生，但是我们鲜少注意到它，就算我们有所意识也很难知道如何作出回应。就像一对恋人，一方有条不紊地杀害对方，只因为他爱得疯狂。我会在某些时刻感到受伤，比如说每当有人对我海誓山盟说爱我"到永远"，我会感到恐惧，他不给我留下任何回转心意或者作出任何改变的余地。就像判处无期徒刑。若是我停止"爱他到永远"，我将要为把我钉上他爱情十字架的不锈钢钉子付出怎样的代价？

如果我和你讲了买床故事或者十字架故事，我们想必会捧腹大笑，因为你现在和我年纪相仿，当然你确实比我老了那么几岁。

　　笑过之后，我们必定会记起一路上吃掉的不计其数的欧楂，我们从塔楼广场走到山脚下——我记不清是哪座山——去看望你的一位朋友。到达的时候我四处寻找垃圾箱或者废木桶，试图丢掉装满了欧楂碎的尼龙布袋。我已经记不得这一趟路上我寻找垃圾桶的筋疲力尽和掌心与尼龙布袋之间的粘着感。这些都不记得。我记住的是欧楂的滋味和它那永远不会再有的甘甜。

　　这份甜蜜和回忆的行为之间没有关联。回甘并不因为它来自过去，和青春相连，换句话说是因为乡愁装点了一去不复返的事物，不是的。我的童年和青春中没有任何可以被视为"乡愁"的存在，这样的情绪在我看来就是一座监狱。我已经从这间房中消失，不再能够回到过去，追忆你或者和你一起回忆我的青年时代，回忆故乡的春天多么美好。可是这个国家已经不在，它像一只巨大玻璃器皿，垂直落下摔得粉碎。这场悲剧将会成为纯粹的伤痛和苦涩。与今时今日这般年龄相见，无疑会无限钳制我对自我形象的想象，会让我清楚地看到自己的真实面目，因为你会是我照见自己的镜子。我在洗脸台和化妆台的镜子前不戴眼镜，不是因为我害怕清楚地看到自己的样貌，而是因为我知道自己远比镜中的倒影漂亮，漂亮得多！清晰可见的毛孔，皮肤上的褶皱，还有颌骨下的颈纹，所有这些都只不过是虚妄的幻想，是打着科学名义的夸大其辞，这一切本无益处也流于表面。因为有谁会如此靠近我的面孔？为什么或者有什么必要会有任何一个家伙在我的眼皮前呼吸，和我近距离对视？除非是牙医，但他也只会看向我的口腔内部。

无论如何，真正能反映一个人年龄的不是脸上的皱纹而是他的牙口……当你的牙齿不再允许你在出租车上咀嚼欧楂，享受果汁沿着下巴流出，弄脏你的衣服，你的问题就不再仅仅是要找个地方丢掉果壳残渣……

在你的最后一封信里，你提起我们共同的回忆，我的大脑费力地回到那段过去，却搜寻无果。我曾试图想象那幢我们一起参观过的奇怪房子，你说它属于我的一个亲戚。一片空白。为什么我会把你带去我的一个亲戚家？为什么我们要在肉店门口吃烤肉，我家明明就在几步远的地方？村里的哪个女孩会有你这样的行事风格，你这个外地游客？是你在虚构和创造还是我在遗忘和删除？你是不是把我和另一个女孩弄混了，你在这个国家遇见的女孩，之后你又忘了她。你所说的关于我的一切都和我毫不相关。

还是说女性的记忆引擎和男性的不同？比如说，我清楚地记得你伸着脖子凑近我的头，我本以为你要亲我，但是你却没有这么做。为什么？因为我没有向你撅起嘴唇吗？我们国家的女孩不会这样主动。或许加拿大的女孩这样做，这就是为什么你误以为我不接受这样的亲吻。很可能就是这种原因，至今依然如此，无论欲望如何占据和控制我，我想我都不敢和男人公开亲吻。但是，这个亲吻或者没有触碰到的吻，既不是值得回味的趣事也不是我们可以重提的往事。

这就是为什么如果你记不起我们在山里的徒步会是灾难性的。我想讲的是有欧楂的那次远足。你的遗忘无疑会让我感到失落，因为我记不得其他出行，记不得我们一起做过的其他事情，任何能够像那次一样令人欢喜甚至令人厌恶的回忆都不复存在。我几乎不记得任何事情。既然如此，你应该重新向我讲述你的回忆，告诉我尽可能多的细节，帮助我略微找到些可以诉说的话语。我们需要谈谈。

无论如何，五十岁之后依然记得这一切尽管简单，却已经不再起什么作用，这样做无所益也无所得。你过去的生活会变成奇妙的流体，在你无心回想的时候涌现。就像是尘封的往事自动出现：事情的地点，空气中的味道，人们的面孔，毫无意义的细枝末节。多年前邻居说的话，她告诉你用柠檬和烟灰揉搓铜器有诸如此类的好处，但是你甚至连一件铜制品都没有……这样的记忆对你来说有什么好处呢？就算你从她的教学里学会了些什么，你也早已错过实践和应用的时机。这些已经过去……

　　真是奇怪，我竟然莫名其妙地如此这般想要见到你。顺便告诉你，我确实鲜少旅游出行。我去过的为数不多的国家令我失望，这样切实的失望不是因为我自己的国家更美，更别提她正处在战火中，而是因为旅游公司所有的承诺都没能兑现。他们恬不知耻地编造出本不存在的景点，或者谎称目的地和他们用 Ps 制作的照片看上去一样。除此之外，我毫无方向感，迷路和走失对我来说轻而易举。这种时候我会感到十分害怕，甚至找不到任何一个原本特意记下以防走失的路标。我的视线逐渐收缩，恐惧让我变得盲目。我不敢向周围的人询问回酒店的路——这还是在我会说当地语言的情况下——因为我觉得自己离酒店不远，这样的问题可能引起他人的怀疑，我也担心他们会为了帮助我找到方向开始用手比画一张他们脑海中的地图，而我什么也记不住……

尽管如此，我还是开始了这次旅途，为了见到你。看起来像是我因为想念你所以来到这里看望你。我确实想你了，很想你。你如何解释这一切？这份思念来自两个人之间的远距离，两个人曾经共同度过美好时光，一起完成的事情，他们一起填满了那些日子，或好或坏的时光让他们相聚。我们之间曾经有过什么？我们之间剩下的又是什么？为什么你会来到这里？是因为对那些零散日子的想念吗？你可以告诉我那些日子的个数吗？因为我自己已经记不清了。

然而，每次想起你的样子，我的心跳都会漏掉一拍，当你的脸浮现在我眼前注视着我，我的心脏都会快要跳到嗓子眼。当然我是说你青年时期的那张脸，我的意思是某种程度上他就像是我的儿子。就像是阿拉伯电影里演的那样，类似如此的预感很快得到应验，随着电影情节推进，真相浮出水面，我是他的亲生母亲却意外地失去了他，或者是帕夏把他从我的身边夺走——电影里总是有这样的暴君夺走母亲们的孩子，至于我这样的母亲呢,则是会从始至终跟随心的指引。这些也会发生在生活中,不是吗?我喜欢那些你不了解丝毫的电影。因为我——或者说我们——都是多愁善感的人。你知道乌姆·库勒苏姆这位名伶,但是你却不晓得阿卜杜·哈利姆……或许我会向你讲述我对阿卜杜·哈利姆无尽的喜爱,告诉你我对他的爱如何将我带向消亡……算了,这是个让人士气低落的悲伤话题,我们来这里不是为了互诉这些悲惨的自白。但是,简而言之,阿卜杜·哈利姆这个男人毁我一生。当然,这一切在你看来可能都是无稽之谈,或者是企图展示自己独一无二的女人编造的笑话。

不,不说这些了,让我们来谈论一些让人欢欣的事情,或许可以聊聊我们相遇时的美丽春光,我们一同漫步过的街道和广场,我们品尝的欧楂和畅饮的果汁……我希望你不要再向我讲你的工作和家庭,抑或你的国家,也不要说你现在过得如何。

因为一旦你开始说这些,我会感到厌倦至极,以至于我无法掩藏自己对你的失望,尤其是在你问到我的工作、家庭和我的国家的时候。这将会令人心灰意冷,甚至令人窒息,这将会以一种极端戏剧化的方式为我们约定的会面画上句号。因为，或许我的整个会面主旨就是不要得知过多信息，它的要义就是无所指的只言片语，就像陌生人之间的对话，轻薄得像微风中的一根羽毛，落在地上还没停稳就再次被裹挟到风中飘摇。

忘了阿卜杜·哈利姆这茬吧，我们会找到可以畅聊的共同话题，找到我们都了解的那些事。起初，我想说的是这里不间断播放的音乐，它充斥于饭店走廊、电梯间、接待大厅甚至房间浴室，你我都熟知这音乐。他们选择播放的乐曲来自肖邦，这位浪漫主义作曲家用他的旋律敲动再次相会的恋人们的心弦。他们一定是想凭借这样的音乐让住客们延长预订。或许肖邦还可以把我们从音乐带到电影，你一定看过《钢琴家》，记得片中的第一叙事曲（第23号）。纳粹军官因为音乐的美免除犹太钢琴家一死，音乐的美甚至可以打动一颗纳粹的心……先不说这个，或许你所处在的半球会有不同的看法，你在这个世界上的另一端，我们或许因此产生分歧。

这房间里的任何物件都可以成为我们的谈论对象，可以让我们展开一段令人愉悦的对话。如果说你拉开迷你冰箱的门，我就会对你讲述我如何在微弱的冰箱灯光下，在自己家的厨房里熬夜，我吞掉一切触手可及的食物，处于半睡半醒的舒适状态。我的愉悦感与饥饿、失眠都不相关，甚至摆脱了一切罪恶感。我感到放心，心神安定，这种原始的寂静就像幼兽才能感到的幸福。我的五脏六腑都已填满，心里感到踏实，然后回到床上。你呢？

如果你走进浴室，我就会问你是否使用这里提供的小瓶装洗发水，它们用草本植物制成，保护发根分泌的油脂，让头发不失去光泽，发梢也不会干枯分叉。你用它吗？还是说你的头发已经变得稀疏，你的头顶也变得光秃秃？

如果我继续这样自言自语，别人一定会看我像个疯子。

尽管如此，我们在相见的第一刻钟里还是要说些什么，好显得我们没有因为对方的样貌而惊得说不出话来，显得我们不讶异于彼此的变化和衰老……现在的我们和那个遥远的春天之间已经相隔太多年。时间太久以至于你不用戴眼镜就可以看出来我的个头缩小了一些——如果你还记得我多高——你也可以看到我的背驼，双肩的肩头向内凹陷，这是因为脖颈脊椎骨节的堆积和压迫带来的疼痛。你不认识我的父亲，你无法得知年岁的增长如何把我变得与他相似，或者说让我身形变得像一个男人。我现在一咳嗽就仿佛能听见他的咳嗽声，我看到自己的双唇轻微偏向脸颊左侧，和父亲一样。甚至我躺在床上的方式，我睡觉的样子和我脚趾的形状都像他。我想，到了这把年纪，体内的雌性荷尔蒙应该已经所剩无几，我已经来到了性别表现的岔路口，男性特质开始逐渐显现，在这之后无论男女都会走上相似、相近的道路。你呢？你的乳房是否已经微微隆起？

我会计划好一切，在你到来的时候不会杵在屋子里，而是坐在床边或者椅子上，坐在我给你写信的那把椅子上。我的姿势会比你的更有优势，因为这样只有你的身体才会暴露出来，你将会成为羞怯地面对我注视的那一方。但是我们不是比赛双方，我们不会惧怕对方。或许是在我阅读拾得的那封信的时候得到了这个启示。在我看来，写那封信的恋人还算年轻，至少比你我年轻。

诚然，爱情与年龄无关，但是我自己却不这么认为。它们之间必然有关联，如果说我曾经在某种程度上爱过你，或者你曾经以某种方式爱过我，足以让你飞过半个地球的距离来看我，足以把你送进这个房间，这也就意味着我们将会凭借我们之间的爱意同床共枕。但这很快就会牵扯到细枝末节的事情让这团爱火熄灭，我们很快就会把原因归结为我处在你身下时的背痛，我无法把身体弯曲到一个合适的角度好让你进入……或是你无法足够灵活自如地应对这样的亲密关系困境。若我们继续尝试，最后只会变得沮丧又疲惫，我将会告诉你我的心里话，说我自己不想要这些，我会建议我们做些其他事情，更愉悦的事。但那又是什么呢？

令人尴尬的困境。或许你已经在我之前感知，在你登机之前就察觉到这一切，或者在你订了机票，并且告诉我降落时间和航空公司名称之后……说到预订，我在考虑变更我的预订，多停留两三天再离开，不是为了给你更多的时间，因为我知道你不会来，你没有给我发邮件也没有试图拨打我的酒店电话。我想多停留几天是出于我对这房间的喜爱，是因为雨还没停，是因为我不想冒着雨出门，是因为我等着可以在城里漫步的时机，是因为我有时间。

是因为这只小鸟引起了我的注意，因为它在同一片小天地里不停跳跃。到了现在，每当我站在窗口跟踪它的行动，它都会看向酒店方向。

不，我不会为了看一只鸟而在此停留，我留下是因为感知到写那封信的人会回来，我已经请求大堂前台的先生告诉他我在这里。

没错，那封信的纸张看起来有些年头，信里也没有任何可以帮忙定位写作者的线索。尽管如此，我还是想要一试，我或许会在巴黎的某处偶遇他，或许在一间咖啡馆，阿拉伯青年们在无所事事的时候聚集的咖啡馆，那些迷惘的年轻人用来躲避的地方。这事不难，无论如何我现在不会回家。不可能回家！我也没有什么事情要做或者什么人要约见。既然你不会来，我把加拿大踢出我的列表，这个国家不再有可能……

我会找到他，至少我会在巴黎找到他的蛛丝马迹。我会知道在革命发生之后，在找回护照之后，他是留在这里还是回到了他的祖国。人不会像盐粒一样溶解在水里。当我遇见他的时候，我会……

亲爱的母亲，

在机场，在他们带走我之前，在我到达安检口之前，我写这封信。从我进入大门的那一刻起，他们监视着我的一举一动，生怕我是恐怖分子，他们四处逡巡，身着便装。

我早就有所提防，装出一副等待出发的旅客模样。我既没有行李箱，也拉开了外套拉链，他们看得到我身上没有炸药包。

亲爱的母亲，

我不晓得自己的这封信是否会抵达你的身旁，更确切地说，我不知道自己还可以在这里停留多少时间，我不知道。我买了份报纸，一边佯装阅读，一边不停地看向手表，直到我走向航班信息屏，它显示着到达航班的信息，看过之后我又回到自己的座位。这样，监视我的人就会以为我等待的人乘坐的航班已经延误，他也会因此放过我……

在这片混乱中我没有太多事可以做，进进出出的旅人匆忙赶路，没有一个人稍作停顿。告别的人们挥动他们的手，然后转身离开，迎接的人们对着航班到达时刻表调整他们的手表，再不能等待一刻，一旦看见自己等待的对象，就开始向出口处移动。

观察世间芸芸众生，能让我觅得几分乐趣。看他们如何向亲人作别，如何与爱人分离，他们不同肤色，不同种族，不同宗教。我可以仅凭他们的外表预知他们的行为模式，依我看，这个苏丹女人会在她旁边站立的青年离开时哭泣，他是她的儿子，他将要起身走向登机口。这个欢欣雀跃的丰腴白人女孩一刻也安静不下来，她等的人到来时她会开心地跳起来……

这并不意味着我给你写信是为了显得自己繁忙,不是的。在你从别人那里听说之前,我想要亲自告诉你我所经历的事情。我的母亲,你也会一如既往地相信我,也不是一直如此,但是我除了你之外谁也没有。你没法帮我辩护,我知道,没有人能替我说话。但是,如果我写信给你,至少你就可以知道你在我的心中有多么珍贵,我在如此艰难的情况下也还在想着你。这样的惦记微不足道,但是这可能是我唯一向你解释一切的途径……就算你绝不会原谅我,如同你一贯的作风。自从他们第一次把我从家里带走,你就不曾原谅过我。在我和他们一起离开之前,在他们的拳头落在我身上之前,我告诉你这事情和大麻相关,你不用担心我。你没有相信我,你非但不相信我,你还唾弃我,朝我的脸上吐口水。或许你是想让他们明白我是个有教养的青年,我的家人对我教导有方,他们之所以向我吐唾沫,是因为他们是相信警卫兵的好公民。所以,我现在要告诉你,我没有因为这件事生气,落在我脸上的唾沫星子反而成了我的美好回忆,因为之后发生的事……你根本无法想象之后我经历的一切。

我本该听你的话,我本该弓背哈腰做一个总是顺从的人。

现在的我不知道父亲或用皮带或用棍棒的反复抽打是否有益于我，或者它们产生了完全相反的结果，在我的内心堆积起某种愤怒。不仅仅是愤怒，还是一种无休止的羞辱，让我至今无法自洽。直到今日，我的身体仍然因为你的毒打而感到疼痛，因为当年的我幼小且天真。那天我没有做任何让我应该挨打的事。他总是在人前打我，他把我拽出房子，好让别人看得见，看到他在教育儿子，看到他虽然穷困，却受到家人的尊重。

现在早已不是责备别人的时机，甚至不能再因为你从不曾在他面前维护我而责备你。为什么？因为他会连同着你和我一起打，我知道。这助长了他的怒火，我也知道。但是，很多母亲也会站在父亲的面前，弓着背挡着孩子们，保护他们，拳头落在了她们的身上，而不是你的。你一边给我洗头，一边喃喃自语：他做得对，他是对的，他想让你成为一个男人，有德行的男人，可以让他感到骄傲和自豪的男子汉。

我的父亲带着情绪和信念体罚我，仿佛他的每一次击打都在让我对将要发生的事情作好准备。赞美真主！随着时间的推移，他确实提高了我的皮肉骨头的抗击打能力，减弱了我对疼痛的感知力。我逐渐学会了绷紧神经，预测击打的疼痛程度。

在我开始去俱乐部的时候，我就知道了准备好迎接疼痛的重要性。俱乐部那种地方！我们所谓的"俱乐部"其实根本名不副实，就是一个装满土的袋子，我们用半赤裸的拳头连续击打它。我们只用中尉带来的废旧轮胎内胎剪成的碎片裹缠拳头。拳击的目的也是教育我们，让我们的脑袋远离毁灭性的想法，把女人的身影从我们的想象中驱逐出去，这些情色影像引诱我们手淫，这真是个丑陋的行为，它影响我们的视力，吸取肌肉的力量，损害我们的战斗力，破坏我们崇高的信仰。

为什么我说起那些日子？因为我在这里有大把的时间去挥霍，我不知道自己的命运将会如何，我想到和你说话，你已经很多年没见过我，你对我离开之后的生活一无所知。他们把我逐出家门后，我曾经回去短暂停留。我必须承认，是一个曾经在这里的女人启发了我写这封信。

一位约莫中年的女士，她曾路过此地，站在大垃圾桶旁边，我在观察路人的时候注意到了她的犹豫不决。她望向四周，然后在一个座位坐下。她从手提包里拿出折叠好的纸张，展开信纸开始阅读，然后在原位上神游了半个钟头左右。随后她撕碎信纸，把废纸屑扔进塑料垃圾袋，快速地走远，去往登机口。

我稍作等待,把报纸扔进垃圾箱,之后我轻而易举地找回了我的报纸和女人扔掉的碎纸张。从监视我的人视角看,我像是改变了主意。我在回到自己的座位之前长时间停留在到达航班显示屏下,这些做事方法我日积月累学了不少。学会的知识总有一天可以派上用场。女人返回垃圾桶旁的行为让我吃了一惊,她回过头来寻找丢掉的纸张。这反而更能引起我对信件内容的好奇。信件丢失的事实让她看起来很是沮丧,些许悲伤,更多的是疑惑。这位女士找到的清洁人员告诉她这只装满废弃物的袋子还没有被更换……

重点,重点不是那些碎纸片,因为她只撕了一次,重新拼好并不困难,真正的重点是,简而言之,一个女人正在等待她的爱人或者老情人,她的希望破灭,因为他并没有出现。只是我在一个灵光闪现的瞬间决定留存那封信。她在信里说要在巴黎追寻另一个男人的足迹,但是她彻底弄错了,这个机场没有任何航班飞往巴黎。真是奇怪!更何况若非事出蹊跷,她又怎么会返回寻找她的信纸呢?这个女人说,准确地说是她写道,她不可能返回祖国。透过她的自白,我猜想那个国家是黎巴嫩。但是更令人疑惑的是这座航站楼也没有任何航班飞往贝鲁特！我在反复查看航班出发和到达信息的过程中已经核实了这一切。因此，我决定利用这封信，以免他们跟踪我的行迹到这里。

但这些都不重要，最重要的是我想告诉你：妈妈，无论如何，我想你了。我们已经太久不见，久到我甚至怀疑再相见时你是否还能认出我。我改变了不少，我的身形不同以往变得瘦削，我的牙齿七零八落，头顶也变得光秃秃。你会说这是我应得的，说我已经变成易卜劣斯/恶魔之子。你说得对。但是在我经历了这一切之后是否还可以向你乞求原谅？我知道你永远不会原谅我，我已对此不抱希望。至少在你收到这封信的时候，你会知道我还活着。在如陶石制的雨点①般从天而降的死讯之间，我希望你也还活着，希望你已经在合适的时机出逃，取道陆路或是海路……

因此我写下这封信，但是我却不知道寄往哪个地址！如果幸运眷顾我，我将随身携带这封信，寻找你，若是能够找到

---

① 《古兰经》中的固定表达。

你，我将会把信件留在你的手上，言语表达太难，更何况如果我决定向你讲述我的故事，人们都这么说。如果命运想让我为自己的错误付出代价，作出决定的那个人将会是你，你决定是原谅还是惩罚，你将会是我的天使或是我的刽子手。原谅不一定意味着遗忘或者抹去，那只是对迷路孩子的怜悯，被愠怒之风推向他现在所处的位置。

亲爱的母亲，我变了很多，已经不再是你之前认识的那个儿子。我现在病了，身体疼痛，灵魂疾苦。我正在一座监牢中死去。我只希望可以逃走，赤裸地死去，像蜡烛的火苗般摇曳，在沙漠中熄灭。真主的沙漠，宽广无垠，然后我的灵魂任由易卜劣斯取用，我那病重的灵魂啊，任他摆布……

没有人告诉我为什么士兵们来我家带走我，他们在拷问、调查和控诉我之前就开始捶打我。他们把我打倒，摊在地面上，又把我带进一个狭小的单间，反复拷打我。后来，他们把我丢进一节车厢，然后丢进一间牢房，对我说：你的朋友们已经招了，我们已经摸清了你俱乐部的朋友的底细。我回答说：完美！因为他们终于给了我自我表达的机会，他们指控我什么？我的朋友们说了些什么和我相关的内容？我觉得我在和他们的智力角逐中更胜一筹。

几周的时间过去，之后又是几个月，调查的方式几次更换，我现在已经无法讲清详细的经过，只记得他们弄垮了我。

他们在我的身上大小便。我浸泡在自己的排泄物中，他们又从厕所带回来一桶接一桶，泼在我的身上。就算我已不再在意痛苦，侵入灵魂的痛苦仍然把所有放风时间变成纯粹的折磨。不是说对死亡的恐惧——火狱不会比我当下的处境更残酷——而是一种不知从何而来的恐惧，在我独处时向我靠近，直到我宁愿和他们待在一起。我听着他们中的某个人讲笑话，自己在心里说他终究也是人类，他也有家人，可能还有孩子……我反复嘟囔着说自己是无辜的。

这种害怕，这种恐惧，完全占据了我，把我投向深远的黑暗，最后把我逼向疯狂边缘的是他们开始强暴我。他们使用玻璃瓶或者短木棍的时候，我再也无法忍受那样的疼痛。在我想到这场强暴可能在梦中延续时，这份恐惧成倍放大，就如同是我那些关于屎尿的噩梦和我在梦中想要努力摆脱恶臭却最终徒劳无功的尝试。我想说，就算我在梦中身处监狱之外，无论在哪里我都到了无法分别昼夜的程度，无法分清什么是噩梦什么是真实发生在我身上的事情。实在可怕！

我对他们说：我要自白，确实是我骗了你们，你们对我的所有指控都成立。他们要求我证明自己的诚恳和悔过。我回答道，我会向你们证明。他们命令我和他们合作，按照他们所说的一切行事。他们会监视我。大家走着瞧。

我达到了远超他们期待的标准。说服他们我是他们的一颗棋子确实不容易。他们对我小心提防，不断地给我挖陷阱。但是我成功地通过了所有考验，我既不撒谎，也没有什么可以对他们隐藏。唯一的苦恼是他们不再把我带回那里……

我开始逐渐享受自己的权力，我品味着自己令人惊奇的变化，看自己如何变成令人恐惧的生物，看他人如何像受惊的老鼠俯身在我的脚边，叫我"主人"。这段时间，你看到我在家中，我想说在这段充满福祉的时间里，我成了一个男人，一个名副其实的男人，一个让父亲骄傲的男人，他的父亲也无须亲自教养他，因为国家已经替他接下这副重担，而且出色地完成这项任务……你知道的，情况持续如此，直到他把我赶出家门。人们向他抱怨我,说:"真主保佑你那儿子,他绑架我们的孩子,还折磨他们,我们只想要他把孩子还给我们,他们确实应该受到他施加在他们身上的惩罚,这没关系,我们只想知道他们在哪里,是否活着,如果他们已经受到他认为足够的惩罚,请他放了他们,让他们回到我们的身边。"我的父亲立刻听信了他们的话语,也没有听我的解释,他让我离开这个家,别再回来。当他举起手臂扇我巴掌的时候,我抓住他的胳膊,想要把它折断。我朝他的脸上吐口水,而后离开。我对他没有一丝同情,我觉得是他把我推向如今的境遇,让我在这里定居,不再需要拷问自己的良心,快乐地生活在专属于我的地下世界中。

我的世界,我的地下世界,至少它还可以像温暖的巨大的子宫那样保护我,没有亲人的我。当时的我只希望自己上过更多的学,希望自己得到过提拔和晋升。但是,当时的我也感到满足。无论如何,当时的我和我的处境已无法改变,既然不能退缩也不能保持中立,为什么我还要折磨自己?我凭什么说他们是腐败者和杀人犯?是我宁愿回到火狱?我热爱生活,我所经历的一切也并非绝无仅有,相似的人们比撒哈拉沙漠的沙粒还要多。既然我不了解秘密,也不像他们一样掌握情报,我最好还是相信上级和领导们的话语和教条，他们全都是偷盗之人和施虐狂吗？当然不是，他们之间还有我的朋友。

我们一同饕餮，畅饮，互相打趣。我们有时交换侦查取证的经验。政治不是我们的专长。但是他们有专门的工具和文件，能应付得过来。他们是我们的信息来源，我们绝不信任厌恶我们的国家和领袖的人。因为我们和他们之间的厌恶是相互的。事实上我们的拷问方式让我们清楚地知道对他人心存同情的结果，也就是说倘若我们从他们的角度思考？这种古老的恐惧已经把所有怜悯和慈悲从我心中连根拔起。和平需要强硬的手段来维持，我们最好不要听取被关押者的诉说来调查真相。他们会用尽一切谎言只为了全身而退。

过度思考无济于事，踌躇徘徊亦是如此。就算是所作所为已经超过他们对我们的要求，比如那一次，我拷打一个假装是哲学家的双面间谍。棍棒从他的背上飞到头上，直到……愿他的灵魂安息！上级盼咐我给他贴上号码然后把他丢远点。

我终于明白，真主不存在于这个地下世界中，他留给我们一位领袖，这里自然有他的智慧，因为我是虔诚的信徒。是他给予我这股显化成暴政的力量，他是一切事件之初的策划者，他是一切事物的开端，就算我们的小脑袋还不能懂得他宏大的计划。因此，我屈从那些智谋超过我的人，如果说服从不足以表达，我更愿意接受一切磨难与考验，甚至先于一切命令去执行。

除此之外我别无他求，除了一点，我希望自己可以多给你汇些钱。我确实想这样做，但是时间紧迫，一些偷来的小物件仍在我的口袋里，世界突然天翻地覆。大人物们纷纷消失，民众入侵总部，攻击我们。下流的无神论者和其他乌合之众组成的游行示威队伍很快汇集成涌动的人潮。我现在已经不知道自己怎么逃出他们的手掌，怎么逃过了他们四面八方砸向我身上的拳头、棍棒和乱石。我逃跑了。

我不计后果地逃走。在漫长的白天和无尽的黑夜里，我漫无目的地行走，血迹覆盖着我的身体。在一处郊外的田地，一名妇女在河水中为我擦洗污浊。她问我是不是从监狱里逃出来的，我回答说是。她的孩子们回来之后，我告诉他们自己曾经被关在不知方位的监狱里，他们蒙住我的双眼然后带我去了那里，我告诉他们监狱里的人怎样折磨我，告诉他们所有我熟知的细节。就这样,我烦嫌自己身处对立面,随后转换到另一个对立面,我发现了出逃的路径,我对自己说,无论付出怎样的代价,无论冒多大的风险,我都要离开。无论在哪个神明的国度,我的安全都会得到保障,我将会开始新的生活。

亲爱的母亲,我在这里真的开始了一段新生活,然后我跌进了文件的迷宫。在支付给把我们扔进大海的蛇头和陆上接头引路人高额费用之后,我已经身无分文。我们徒步行走数周之久,我们按照所有人的叮嘱行事,无论来自个人还是机构,他们建议我们获取必要的文件。在我最后一次和援助与避难申请中心的会面中,负责人从她的抽屉里拿出一个文件夹,她取出文件说,有一个同胞的证词和您的不相符,他说自己在难民营里认出了您并且观察您,说您在为当权政体的情报部门服务,说您在地下室里对他用过刑。我极力否认她的说辞。她告诉我说:"很好,无论如何我们还是要开展调查。"

我再也没有去过那里,也没有回过难民营,因为害怕再有人认出我来。我和阿富汗人还有埃塞俄比亚人一起睡在街上,红十字会和伊斯兰主义者给我们送来食物和铺盖。但是他们因为我喝酒而把我驱逐。就这样,我又加入了醉汉团体,却也没能在那里久留。他们殴打我,在天寒地冻时夺走我的冬衣。

我想回去了。我的意思是如果警察在这时候抓住我,他们只能送我回自己的祖国,如果他们还能让我离开的话。毕竟他们想要摆脱我们这样的人。我能买一张机票,冒险蒙混过海关,回到那里之后再设法逃走。我得要尽快找到帮我伪造证件的人。无论如何,我不能留在这里,不能留在这个国家,不能留在这座机场。尽管到目前为止我看起来还有机会给你写信……

那是一个寒冷的阴雨天。蒙蒙细雨下个不停,雨水的湿气渗进骨子里,我靠在超市的玻璃橱窗上让自己不受雨水入侵。我和一个正在向进进出出的客人们分发免费报纸的年轻人聊天,他像是在乞讨。我大声嘲笑他的梦想,他想去好莱坞,因为他能在那里成为影视明星,届时他还可以帮助我……我听出他的东欧口音,询问之后他告诉我:阿尔巴尼亚,和你一样是穆斯林,我猜你是阿拉伯人。他的某些方面令我喜欢,或者说他让我感到安心,因为他是个讨生活的人,凭努力养活自己,他不靠举报他人、偷窃或者拐卖少女为生。一位女士走出超市,她大约六十岁,停下脚步在包里摸索一些零钱给阿尔巴尼亚人。她对我说：你淋湿了，这么冷的天气你是怎么回事？你从哪个国家来的？唉，太可惜了，我知道你们国家，我还去过好多次……在她发现我对于谈论自己国家的好了无兴趣之后，她明白了些什么，问我：你在哪里睡觉？有些机构可以救助……在这种严寒天气里……和我一起的年轻人把零钱装进口袋，然后说他睡在一个朋友家，他很快就会移民美国。

"那你呢？"她问我。

我把头转向侧面，不想说话，她连忙为干涉我的私事而道歉。她问我们是否需要她在里面帮我们买些什么，除了酒精都可以，她在祝我们度过美好的一天之后走开了。

但她在第二天下午回来，手里提着一个大号尼龙袋，她开始批评令人厌恶的个人主义，她说人一定要为他人着想……她说每个人都会有困难的日子，更何况有些人还在经受战争、恐怖主义和移民的创伤……她说着从袋子里拿出一件蓬松的外套给我，一边说着抱歉的话，她希望我可以接受她的一点心意。阿尔巴尼亚人给过我一条厚实的羊毛围巾，他看到那件外套时就跑来我身边，解开围巾，对我说：快谢谢那位女士！我穿上外套，她露出开心的样子，没等我开口说出感谢她的赞美之词，她便谢谢我接受她所说的小礼物。

我和阿尔巴尼亚人一起来到河边用餐，他打开袋子，把里面的东西摆放在草地上。每当我心情郁结，我就会去河边走走，注视河水，渐渐地，我的内心得到平静，美好的困倦让我沉溺。我不懂为什么在家乡的时候我不曾走向河边，以此寻求灵魂的平静。就仿佛随着年岁的增长，我已经忘了自己曾经和伙伴们在河水中游泳，然后一起在我们当时唯一被允许的快乐之中追逐打闹。我们一起吃野草，从鸟窝里掏蛋，似乎河水不再是水，它变成了另外一个人的童年。

阿尔巴尼亚人开始演他的一出好戏，说他的母亲在盖德尔夜[①]为他祈福，或者用他自己的说法讲述差不多的意思。他还说我应该回应那位送我外套的女士一个微笑，应该对她好，让她开心，至少应该回答她的问题。

他一边打量着外套的缝线，一边接着说这衣服的质量真不

[①] 在这个夜晚，人们庆祝《古兰经》第一次降示给先知穆罕默德。

错，牌子高档，只有富人才会穿。他又说这位女士肯定是个有钱人，肯定一个人独居，肯定对我有很好的印象。他打赌说她肯定还会再回来，说他自己是研究这个年龄段女性的专家，他说她们孤独、悲惨地生活着，只因为她们国家和我们国家不同，没有人像我们一样照顾老人，尊重长辈。我让他继续讲下去，然后我们一起乐呵地说起了先知穆罕默德告诫人们不要爱上年长的女性，因为这会折损寿命……我也挤兑他说那位女士和他妈妈差不多年纪。他停止嬉笑，说：真主保佑她，我们不讲母亲们的坏话。

踏入她家门的那一刻，我确信真主想要帮助我，他把这位女士送到我的身边。他想要检验我开启生活新篇章的意愿。和阿尔巴尼亚人想象的不同，她的房子不同于一般有钱人的。但对我来说，温暖就是顶级的奢侈，仅次于它的是一张床，任何一张床。

我必须忘记自己过往的生活，无论好坏。沉入充满热水的浴缸之后，我哪里都不再想去，甚至连天堂也不想去。那位女士是神明派来的使者，我亲吻她的双手，做一切她吩咐的事情，帮她打扫卫生，整理房间，洗衣熨烫，也帮她做饭，有时候会做一道我的家乡菜给她惊喜。

有时她会询问我过往的人生,我总是告诉她自己不喜欢回忆那段令人心惊胆战的过去,我想要忘记自己遭受过的所有苦痛。后来,她帮助过我拿到合法的居留文件,她不理解我为什么抗拒这件事。我告诉她自己不想要那些纸张,我问她这样住在她家是否会给她造成危险,她告诉我法律禁止她在家中收留外国移民,尤其是那些没有证件的,但是她是个自由的女人,按照自己的意愿行事。她特别强调我不要离开房子,不要随便给敲门的人开门,甚至连房间窗帘我也要完全合上,在她不在家的时候熄灭灯光,直到我们找到解决方法。

她去上班的时候,我会打开收音机,按照她教我的方式收听阿拉伯语电台,我也会在有拳击比赛、健身节目或者足球比赛的时候看电视。这些让我想起曾经的俱乐部,我会试图找到当时告发我的人,或者回想我说过的他们可能不喜欢听的话。然后我会告诉自己这一切都是嫉妒的作祟。他们中间有人嫉妒我的好身材,嫉妒我有力的出拳,所以编造谣言诬陷我,说我辱骂总统和领袖,说我是共产主义者或者伊斯兰主义者,还说我是穆兄会的成员。确实有可能我在这些年轻人面前说话时有些口不择言。我是在拉开自己和那个青年的距离,那个被父亲在众人面前当成孩童一样被体罚的青年……我开始声称自己有观点和看法,我知道很多关于这个国家的事情,而且这些只有我一个人知道,就这样……

我原本可能成为一名著名拳击手……

我不为任何事感到后悔,因为我首先得知道有什么事需要让我后悔,但至今为止我还没有察觉。我不知道他们要求我们画了血印的认罪书里究竟写了些什么。更何况我的面前并没有太多选择,我又何来后悔呢?或许我应该后悔自己在狱中过度展示自己的力量,后悔自己为了诽谤好人家的孩子而编造的流言蜚语。但是真主知道,我是被迫去做这一切的,他或许会提醒我说我在做这一切的时候得到了享受,说我对这一切自豪。确实如此。这时我会反问真主:"你觉得是什么让我做出这一切?还有你,你为什么抛弃了我?为什么你不……"

当那位女士不在家时,我时常会感受到莫大的悲伤,我自言自语说我的生活没有意义,这个女人很快就会把我从她家赶走,凡事都有期限。我也不能一直骗自己,不去面对自己没有行政文件的事实。

我开始趁她不在家翻看她的柜子和抽屉，我在她的纸张里看到她其实五十出头，比看起来年轻许多，或许这是因为她脸上和手上的皱纹，更可能是因为她不清理自己的唇毛、眉毛、腋毛和腿毛，什么都不剃。家里，她开始毫无羞耻地在我的面前衣着暴露地走动。我心想她在自己家就是这么自由，他们外国人就是这样，不想我们一样会因为裸露而感到羞耻，我看得不好意思，但是她却无动于衷。

然后，她开始给我讲述她和那个留了衣服在衣柜里的男人的故事，她告诉我他如何背叛了她，如何骗取她的钱财然后消失不见。有一次我为了表现自己对他的故事的关心而问道，为什么她在经历了一切那个男人的所作所为之后还要把他的衣服留在家里？她笑着回答说，因为她和他一起度过了人生中最美好的时光，她依然爱着他，总有一天他会回到她的身边，因为这世上没人像她一样爱着他。她说自己每隔一段时间就会把他的衣服放在阳光下晾晒，她会清洗，熨烫他的衬衫，如果它们长时间存放在衣柜里就会发黄。我问她怎样才能知道来客是他，我应该去给他开门，她说：你不用担心，他留有房子的钥匙。

从那一天起，忧心占据了我，我不再穿着她给我的那件外套，因为我在衣服上闻到了他的气息。我也不再接近储藏室里他的衣服。每当我听到门前台阶上的脚步声，心脏都会连着肋骨剧烈地跳动。我想如果他回来的时候她不在家，我会告诉他自己是这里的新租客，我对之前住在这间公寓的女人一无所知，我还会从他那里拿回房子的钥匙。

我知道自己的好日子不会长，真主不会放任我太久。就是这样，没有原因，或者说惩罚我会有什么好的结果？谁能从中受益？我开始对一个人独自在家的生活难以忍受，那位女士回来的时候，我也无法隐藏自己的不安，她以为我是因为纸张和证件而感到不安，于是她又开始询问我想做些什么，为什么我拒绝提交取得文件所需要的申请……直到一天晚上，她告诉我她知道了一个新的组织，可以帮助申请人缩短等待获批——或者拒绝——的时间，这个组织可以帮助我补充我一路上丢失的文件还有那些流浪汉们从我这里抢走的——这些都是我告诉她的。她咧嘴大笑，这样的表情更凸显了她的唇须，我和他们讲了你的故事……我简直要发疯，我的所有不安都化作对老天爷的纯粹的愤怒,为什么他把这个女人安放在我的人生旅途上?我开始用阿拉伯语大声咒骂,她保持着微笑看向我,带着几分同情,又掺杂着一丝责备……我灵光一现:我得要让她爱上我,这样她就不会想着赶我走,我在她家里的存在会变得不可或缺。爱情比同情更有力。这样一来,她也会停止等待那个骗子负心汉,万一他想到要回来再次带走她的时候,她可能已经把他抛在脑后,只想着留下我……

我叫醒她,告诉她我想先为自己的行为道歉,也想平复心情告诉她我生气的真正原因……我表现出极为窘迫的样子,向她解释说自己义无反顾地爱上了她……她告诉我她依然爱着那个在衣柜里留存衣服的男人,依然等待他回来的时候,我明白她对他的依恋有多深,也体会到自己因为她而冒出的妒忌……我是被她收留的人,被她从大街上拯救的人,她同情我,让我免受饥寒交迫的灭亡,所以这样的感情让我感到绝望,如果我向她表明心意,就会显得我在利用她的情怀,道德上说不过去,特别是对于我们阿拉伯人,说到这里我已泣不成声。

那一晚可怕极了。她强暴了我,那个女人光明正大而又野蛮地侵犯了我。每当我试图稍稍拉开和她的距离,盼着她恢复理智的时候,她反而更用力地抓住我的衣领,更加凶猛地向我发起进攻。她相信了我的表演,她想要为我排解困窘和羞耻。她扑向我,向我诉说她对我长期以来的渴望,说她已经忘记了那个男人,她第二天早上就要把他的衣服丢到大街上去。我对她的坦白让她雀跃,她已经急不可耐,可是她却一直没有察觉到我的暗示,我的欲望或者我的情爱……她说个不停,一边倾诉一边解开我的纽扣,用力脱下我的内裤,把我的器官含住,捧在手心。

神呐!我究竟对自己做了什么?我把自己扔进了怎样的日复一日的火狱,任凭自己在烈焰中灼烧,我就这样一步步走了进去。我的每一次拒绝都让她更加兴奋和冲动,我对她的身体却是越发讨厌和嫌恶,她苍白泛黄,布满褶皱。她的同情,她的微笑,她的胡须,她勾引人的姿态会让任何二十岁的女孩感到羞耻,她专门为我购置的彩色内衣,她跟着埃及舞曲模仿"东方"女人的舞步,她的搔首弄姿,她的卖弄风情,她的礼物,她的厨艺,她的蜡烛,这个女人就像是换了一个人,让我想要自我了断,差点就要结束自己的生命。

有一天我告诉她,我们所做的一切都是被禁止的,她却说她会和我结婚,只要我拿到各种证件,然后她接着说:为什么我们不开始办申请证件的各种手续呢?

噩梦重演。

我在一个美丽欢愉的地方,开阔敞亮,在某个庆典的场合。我想要上厕所,或许是小便,或许大便。我在寻找厕所。

在我开门的瞬间,这个宽阔的地方突然出现许多扇门,像是在医院,一切都是白色。在我找到可以方便的角落之时,门板突然脱落,下水道里涌出排泄物,我换到另一个隔间,却发现那里的污秽更多。渐渐地,我的双手触及的所有地方,从电灯开关到我扶过的墙壁,所有我经过的地方或者我的衣服蹭过的物体都变得肮脏,沾染上了污秽。与此同时,我仍然在寻找,经过许多个相连的隔间,穿过狭长的走廊,一切都沾着排泄物,我寻找一个角落,试图远离人群的视线,那里的男男女女和我身陷同样的窘境,我在那里缓解五脏六腑的压力。

我从梦中惊醒,掀开被子,打开床头灯,在被褥上寻找星星点点浸湿的痕迹,我脱下睡衣仔细察看。我用肥皂数次清洗双手，我呼唤天使们请求他们帮助我。我泡了一杯茶，站在窗后凝视夜晚。我长时间伫立，久久凝望着漆黑的夜色，直到它像一条宽广的河流般在眼前展开，墨色的河水涌出流向四面八方，我的呼吸逐渐平复。我无法回到睡梦中，除非我能放声大哭，排解遭受的折磨，哭到用尽最后一丝力气，哭走所有的愤怒。如果那个女人被惊醒——她通常睡得很沉——我会用力把她支开，她会告诉自己这一切都是战争的回忆，我会让你忘记一切痛苦，然后回去继续打鼾，像所有无辜的好人一样心无挂碍。

我开始在早上睡醒之后装睡，直到她出门。晚上她回来的时候会看到我埋头写作，我歪歪扭扭地写着任何可以写出的阿拉伯语，想以此来禁止她触碰我，因为我声称自己在写一本关于战争的书。它成为我最有力的借口，因为我的脑海中充斥着各种想法、回忆和骇人的秘密。暴力场景让我束手无策，它们完全占据了我，我没有办法和她做爱，这些回忆让我彻底远离欲望的世界。我反复这样说着，拒绝她的靠近。

这样的"好日子"没有持续太久。她开始不停地说尽管写作是件好事，但是话语才是解药，创伤心理学建议这样治疗受害者，她说我需要诉说，需要倾吐，我需要讲述，直到不再受到过往记忆的折磨。我需要探索自己的内心,给我的痛苦和忧虑找到名字,然后才能够真正松弛下来。就这样,这个长胡子的女人反反复复地说着,直到她宣称,爱,爱的本身,不是任何其他事物,可以像圣人的神迹一样治愈所有疾病。她会爱我,毫无保留地爱我……爱……就这样。神呐!

我溜出公寓去找阿尔巴尼亚人,我和他简单讲述了我和这个又老又丑的女人一起生活时遭遇的一切,他笑了,笑我不识好歹,笑我忘记了那些饥寒交迫、流落街头的夜晚,惨遭毒打之后的疼痛。他说那时候虱子和疥疮已经蚕食我的身体,我没有什么可以拒绝。"闭上你的眼睛然后搞她,用你的想象力,你的性幻想还有你看过的片子,否则你就是在拒绝到手的福气,用脑子评估一切,伙计,然后做你想做的,这就是我给你的建议。"

我又回去找过他一次,我说你来,我们一起洗劫她,我知道房子的内部构造,知道隐蔽的角落,她从来不给抽屉上锁,也不锁现金、珠宝和黄金。他问我:"为什么?据我所知你已经得到了你想要的一切,什么都不缺,还是说你就是想要她受苦,就是想要报复她?你有什么可以报复的呢?你疯了吗,这对你有什么好处?她当然会知道你就是小偷或者盗窃者的同伙,因为你一直都在公寓里。再说,我为什么要陷自己于不义?我明明已经在等待避难文件了。你疯了,离我远点,别再回来找我,也不要再回到这里。"

我买了一瓶威士忌回到公寓,像是久旱逢甘霖的觅水者一样畅饮。傍晚,她开始像是斥责小男孩一样训斥我,因为我独自外出,也因为我酩酊大醉。她从我这里抢走酒瓶,把剩下的威士忌倒进洗碗槽。她哀号着问我,你现在要做什么?看看你肚子越来越大,脂肪堆积,你不去健身反而沉迷酗酒,这些在我这里都不是好事。我害怕她赶我出门,所以跳了一段舞讨好她,向她证明我的舞步依然优雅灵动,让她开心。

我内心重复着告诉自己这个女人不认识我。看她对我毫无畏惧的样子,我确信自己失去了往日的力量,我已经不再让人感到害怕。至少我还能够控制自己的愤怒,可以把怒气咽下去。但是,当我恐惧的东西向我袭来,我就会失控,它会突然袭来,像是心疾或者癫痫发作。我的双眼被蒙蔽,我的身体变得麻木。我回到自己最初的恐惧,这份恐惧叠加着我折磨过的人们眼中的恐惧,我收集了双倍的恐惧,我对那些折磨过我的人的恐惧和我所折磨过的人的恐惧。就像一团庞大的恐惧，它行走着，收集沿路的一切，不断增长，不断扩张。

这个长着胡子的外国女人在我身上倾注关爱和激情。她分担我关于那本书的忧虑，她邀请我一起看电视上的新闻，因为她说发生的一切都与我相关。如果我没看，她就会给我简述重要的新闻，为了让我在书里可以写出这些真相。一旦我出版署自己名字的书，当局就会对我有不同的看法。无论如何，这都会帮助我拿到相关文件……

亲爱的母亲，

夜色笼罩城市。机场大厅玻璃反射灯光，像是数面镜子，没有任何一个人靠近我。我看见被打湿的外套，外面一定开始下雨了，随着夜晚临近，进进出出的人流逐渐减少。我还在考虑买一张返程机票。我会告诉他们我没有拿到居留资格，也没有可以证明自己身份的文件，他们会检查我一个或者两个小时，甚至更久，最终他们会把我丢进飞机……

或者我也可以告诉他们我是秘密间谍，我在跟踪那个撕碎了她信件的女人,她在我成功追踪她和阻止她之前逃脱了。她的信件在我的手里,我研究了她的档案所以我知道她为什么没有回到自己的祖国,这是因为她……她杀害了她的丈夫,为了见她的情人或者她的情夫,后者带她去了加拿大,她在那里消失得无影无踪。但是她的情人却没有真正现身,于是她改变计划,去了另一个国家寻找藏身之处,找另一个男人……所有这些都在信里一字一句地写了出来,因此你们应该放我去继续追踪她……

但是他们不会相信一个没有身份文件的人。

或许我可以回到那个女人家,再察看我留在那里的东西,看看她的前任有没有回来,与此同时我使用着他的专属钥匙,我应该回到那里换掉门锁,但是我忘记了。

或者我今晚睡在这里,现在我不可能找到买新锁和钥匙的店铺,也找不到任何锁匠来换锁,夜幕已经降临。

这是因为我杀害了那个女人。一瞬间的惊恐击中我,占据我,于是我杀害了她。

我原本睡在她的旁边，她突然贴近我，半梦半醒间，我感到虫子在我的皮肤上爬行，我甚至看见了它们。我把她的手从我的身上拿开，就像是赶走尸身上的蛆虫，但她再次回来抚摸我，压制我的四肢，恐惧或者愤怒占据了我的大脑，又可能二者兼具。

蓝色毒液侵占我的血液，贯穿我的身体，蒙蔽我的双眼。

现在，我在记录所发生的一切，我努力尝试回忆，不是因为我想给自己找借口推脱，在她之前我已经杀过很多人，他们在我面前的哀号、痛哭和求饶都无济于事，我面对一切无动于衷：他们濒死时嗓子发出的声音，无论是吊死、绞死、活着扔进棺材等待枪杀。棺材里，他们垂死挣扎，像是在和子弹搏斗，直到他们向命运低头。任何气味都不会影响到我，在我眼中这是某种形式上的自然结果，肉身的腐烂。我安然熟睡，心无愧疚，没有阻碍，更没有丝毫愤恨。酷刑折磨和之后的死亡，要么降临在对方身上要么降临在我身上，命运如此决绝不给人任何反击的可能。至于我从自己的行为中获得愉悦，神可能会对我进行清算。但是一个人在第二天清早回归自己昨天的所作所为也属正常。愉悦并不在于我可以选择，却在于感受到自己拥有力量与强大，还有对他人命运的完全掌控，这些可不是可有可无的额外附加。看见曾经的部队上将、大学教授或者法官大人哭着亲吻你的双腿，这些可不是无关痛痒的小事，它会让你不知不觉中变成必需品。因为那些时刻你血脉偾张、心跳加速的感觉就像吸食了天然毒品，它的效果毫无疑问类似于瘾君子们寻求的快乐，因此他们会不断重蹈覆辙，却束手无策。当你可以改变他人的生活，用你的双手重塑他人的命运时，你自己就成了命运本身。命运，你曾经苦苦哀求，请求命运的垂怜……我还不曾身处这样的情境，对我有利的是保住那个女人的性命，因为她是我唯一的庇护，杀害她对我毫无益处。

直到第二天早上我才反应过来发生了什么。她像是块木头一样摊开着，双手和双腿都大开，她的头发像是一丛灌木，双眼凸起圆睁着，她的舌头青紫，从张开的嘴里掉出来，耷拉得很长。我一定是勒死了她。她的脖颈上有环状的淤青，她的臀部附近有一摊已经没有温热的尿。我费力地从她的指甲缝里抽出我的睡衣碎片，而后用布料裹起她的头，包住她的全身。我走去厨房，准备了一杯咖啡，坐在小椅子上开始思考：天呐，她现在可真丑。木已成舟，或许她的丑陋可以解释她的命运，解释她和我之间发生的一切。我的意思是，她已经死了，她不再有任何意义，而我还活着，我得给自己找到出路，走出当下的困境。这事从来没有一丝简单可言。处理尸体也从来不是我的专长，以前有专业团队负责做这件事，我对他们干的活一无所知。

然后我想到自己可以把她丢在这里，立刻迅速逃跑。但去哪里呢？她家楼下的阿尔及利亚邻居已经度假回来了，正如那个女人所说，唯一一个会来看望她，和她说话的人，时不时会给她带来库斯库斯或者其他亲自做的菜肴。如果那个阿尔及利亚人上来敲门该怎么办呢？如果她每天都来，肯定会察觉到邻居不见了，并因此担心。我在一张小纸条上写道：亲爱的邻居，我外出旅行几日，回来见。我把纸条贴在门外，然后回到厨房。如果阿尔及利亚女人发现这笔迹和她邻居的字不同怎么办？但又有什么可以为我证明这两个女人之间有过通信，她们熟知彼此的字迹呢？

我进退两难，时间却很紧迫，我想那就是我需要做的吧。这个奴役我然后荼毒我的女人不能成为我的终点，她把我变成一条宠物狗，因为她最关心的就是流落街头的丧家犬。

我打开收音机，是她最爱的歌手，刺人的尖嗓唱出歌词，我听说她最初在巴黎当站街女。我迅速关掉收音机。原谅是神圣的秘密，谁可以得到原谅呢？他们原谅了那个妓女，把她包装成大明星。谁会原谅我呢？我的宽恕会来自何处？你的善心？我母亲的爱心？哈哈哈！

你记得那首诗《母亲的心脏》吗？你记得你是怎样让我把它背下来的？你如何不断夸赞这首诗是天才之作？

> 男人用钱财诱骗无知少年，说
> 带来你母亲的心脏，你会得到金银财宝珍珠首饰
> 他去把匕首插在母亲的胸口，
> 他去除母亲的心脏原路返回
> 可是他跑得太快摔了一跤弄掉了母亲的心脏……

想象这般画面，在那个瞬间孩子摔倒，心脏掉落，在地面上滚动着，心脏担忧地大叫：孩子，我的宝贝，你摔疼了吗？当那个孩子意识到自己做了些什么之后他开始用懊悔的眼泪清洗母亲的心脏，并试图用匕首挖出自己的心脏，抚平这次教训的惨痛，母亲的心脏再次向他大声呼喊：不，拿开你的手，你

想要两次宰割我的心吗？

这是个惹人大笑的故事，笑得敞开双肺，如下水管道吸入过多空气。有时候人需要笑，用笑声替代悲伤和忧愁。

无论如何，我至今都还记得这首打油诗，我不懂那个男人凭什么或者说用什么诱惑了那个男孩。我也不懂人们为何可以教给孩子们这种可怕的内容，一把血淋淋的匕首，切开胸膛取出心脏，一颗被切除的心脏掉落，滚动又大喊大叫。真主仁慈救世！这样的事对于绝大多数孩子而言只会停留在想象里，他们也会看见母亲肯定会原谅他们，母亲的宽恕是无条件的，无论事情发生前还是发生后，母亲都会出于本能原谅他，原谅他野蛮的行径，或者说原谅他原始行径中的暴力。

当然，最极端的暴力和原始野蛮的行为是肢解尸体。你的心脏，不论它是否还在胸腔内，都不会原谅我，就算我的所作所为是被逼无奈。耻辱，禁忌。我想了很久，我所处的情境有属于它自己的规则和约束。我从未被迫做出肢解尸体这种事。我们以前会指派特定人员把尸体抬上卡车，之后他们对尸体的所作所为我一概不知。我如何掩藏一具尸体，就算只是暂时的，为我争取逃跑时间？我把它藏到哪里？我想到了储藏间，但这不可能，尸体已经僵硬。

真主会清算我，我也会问他我还能做些什么，我还能有什么其他不同的做法，既然他已经把我丢进火狱，真主，你自己想要摆脱我不是吗？

我明天会去那里更换门锁，然后再回来，上天慈悲于她，老天帮帮我。

我想我需要考虑是否保留这封信，是否把它寄给你，或者亲手交给你，又或者将它销毁，因为这里面都是赤裸裸的自白，足以把我送进监牢……我们明天走着瞧。

我会把菲鲁兹①加进我的手机播放清单，我会听着她的歌入睡，我会尽量不哭出来，她的声音如此美丽动人又温暖人心。

亲爱的母亲，不论你在哪里，睡个好觉，晚安。

---

① 黎巴嫩歌唱家。

亲爱的弟弟，

现在你已经知道你所谓的"真相"，我想着写封信给你。某种程度上你说得有道理，但是纯粹的真相不是你所认为的那样。人人都有秘密，你得帮助我保守和我们两人都利益悠关的秘密。我时间不多了。

我们在等待一架飞机降落，它始终盘旋在空中，因为廊桥口本应让位的航班被延误。他们改变飞机的航线，起飞后又让它降落，他们从飞机上带走了一名乘客。我知道为什么安全机关铐走了那个男人，因为我的口袋里有一封这个男人写给她母亲的信。他一定是在被捕之前试图将它藏起来,这可不是一封人们会随意遗忘或者因大意丢失的信件。他们命令所有乘客下飞机,清空飞机上所有的行李,都是为了对机舱进行彻底搜查,我在重新整理座椅的时候发现了这封信。信纸已经褶皱,信封被折叠起来紧贴在靠近金属内饰板的座位边。我瞅见这封信是用阿拉伯语写的之后,立刻把它塞进裤子口袋。我现在知道为什么他们没有很仔细地检查这个人的座位。这个男人不是恐怖分子,他没有行李也没有武器,从我读到的内容来看,他就是杀害了收留他的女人然后试图逃走。他们知道他犯了什么罪,他们找到了受害人的尸体,赶在他逃跑之前到达机场。

男人的所作所为令人发指。我都已经赶不及把这封信交给警察了,我读信用了太久时间,现在已经不能这样做了,不然我要如何向他们解释为什么这封信留存在我这里。无论如何,既然他们已经逮捕这个男人,他在信里坦白的作案细节也都不再能带来好处……这封信写给他的母亲,可怜的母亲,悲惨的人啊,如今只有真主知道她身在何处。这封信是儿子写给母亲的自白,母亲是一个人走投无路时的最后一棵救命稻草,无论儿子和她做过些什么。我的内心无法接受把这个男人的遗言交给警方。我确实害怕,但我也对他不乏同情。这确实有些奇怪，因为他毕竟是个杀人犯。但这世界上的每个人都有无辜的一面，比如说他站在自己母亲面前时。在母亲眼前他又变回了孩子，那个已经消失许久的孩子，那个她已经遗忘的孩子……我得想想之后该怎么处理这封信……

母亲是每个人在生命中可以寻觅到的最后一颗真心。我失去了自己的母亲，和写信的男人一样，那个余生都要在无止境的监禁中度过的男人。他会在夜里独自为母亲哭泣，在异国他乡，远离人迹。他也是个被时光遗弃的人，无人怜悯他，也不会有神明宽恕他。

我们的母亲，也是你的母亲，因为我正在写信给你，我的弟弟，事实上我在她去世之前就已经失去了她。

我不会知道是什么改变了她。简单说，我给她寄的钱总是不够。她总是说谁谁家的妈妈或者某某家的娘亲成了有钱人。人们修建房屋、公寓，购买价值数百美元的东西。她无法停下讲述女孩的花销与日俱增，"她吃得很多""她要得很多，想要这个又想要那个"……最后我只能对自己说母亲不想要我的女儿和她住在一起。我打电话告诉她：亲爱的母亲，您为我受苦了，我今生不会忘记您对我的好。给我点时间，我就会把女儿带到我这里。她生气地在电话里斥责我，说她的耐心已经耗尽，我的甜言蜜语不能解决问题。我问她说是不是想要我去站街，她直接挂断了电话。在这之后，她再也没有接过我的电话。

我的痛苦和紧张加剧了我对母亲强迫我早婚的记忆，我还不到十四岁就进入了那段不幸的婚姻。她从来没有原谅过我离婚这件事，你也没有，而你们两个就是我远走他乡的原因，我在这里当别人的家佣，为我不认识的人清理他们的污秽，我在餐厅厕所和酒店房间里忙忙碌碌。那些日子母亲是开心的，因为她远离了我和我离婚的丑闻，也因为我定时给她寄钱回去。这些钱足够她照看我的女儿，但是那些阿猫阿狗家的女儿们破坏了我和母亲之间的"协定"，用这里人的礼貌话讲是这个词。我开始听说那些女孩们如何一趟趟地回老家，一个女孩带回去各种名贵的礼物，给客人们展示她的珠宝首饰，她如何租赁豪车，修建楼房，让他的父亲提前退休。没有人问这些钱从哪里来。当一个女孩戴着的头巾不仅仅遮住她的头发，还遮住她的脸颊时，人们怎么可能对她的道德品质心生怀疑？

母亲的话在我的脑中盘旋。无论怎样，她不还是为了那个男人的彩礼钱而把我出卖给这桩交易婚姻，减轻全家男丁的负担吗？我没有见到彩礼的一分一毫，除了那张让我消失在她眼前的机票钱，真的，一点都没有。我忍受所有艰难困苦，只为了让她对我和我的女儿满意。早上十点前，我要擦六十个马桶，我狂奔几十公里只是为了那个不会笑的经理可以对我上扬嘴角。我开始问自己这一切都是为了什么……

我为自己流逝的生命而痛哭，然后决定去做站街女。妓女。婊子。这些羞辱人的职业又能有什么区别呢？只有报酬的增长可以把我从马桶的污秽和我深陷其中的泥垢中拉出来一点点。说到底，是我的母亲，我的亲生母亲，第一个把我踩在脚下……那时你已经进了监狱，我还干着自己的酒店兼职清洁工作，勉强维持生计。

和我的顾客上床比和我的前夫做爱来得容易。他们对我温柔有礼，花一半时间和我聊天，调情。他们把我带进我前所未见的愉悦感官世界，他们出手也很阔绰。我唯一的条件是他们不可以进后面，这是我那野猪前夫喜欢强迫我做的，直到把我弄出血。我想他可能喜欢男人，但是他自己不愿意承认……真正成为女人之后，我可以看明白这一点。

我听说过不少站街女的悲惨遭遇，但我自己从来没有经历过。没有遇到皮条客，也没有遇到过可疑的场所。我在"午后延至傍晚"的时段选择顾客，这场老年茶话舞会在下午聚会，于夜幕降临时散去，活动从餐后甜点持续到晚餐前的热汤。大部分是退休老人。他们厌倦了婚姻生活，无法再忍受无休止的家庭琐事。我只靠近独自前来的人和新出现的面孔。

起初他们不明白我这个年轻人在那里做什么。我告诉他们我不喜欢同龄人，我是个浪漫主义者。我扮演无辜年轻女性的角色，有些天真单纯。他们那个年纪最喜欢这类。他们也可以看出我打扮很传统，让他们想起往昔时光，女人喜欢他们，因为他们还拥有年轻的时光。我也从中受益，因为他们真心觉得我漂亮。店里的霓虹灯光可以让人看起来年轻十岁，甚至更多。这也是为什么他们一出门就会迅速散开，因为室外的自然光，甚至傍晚的昏黄灯光也会把他们拉回现实，让他们面对已经度过的时光和年华。他们的脸上再次爬满岁月的痕迹，尽显汗水和疲惫留下的痕迹，暴露出化妆品的印迹和贴在头皮上的假发。除了我。他们和我一起停留在人行道上，他们很快就会明白若是想要和风情、俏皮的女子独处需要做什么，我挑选双手柔软的男人，指甲在私人沙龙里磨平的男人。这比时髦衣服更能体现一个人的经济水平。我也成了男士皮鞋价格的专家，这和鞋子穿着的年月以及频率无关。男人们和我度过愉快的时光，我也毫不羞愧地接过他们给我的钱，尽管普通但是毕竟这是份礼物。事实上，考虑到他们的孤独程度，我真的觉得自己在帮他们，帮他们找回自信，找回他们的男性气概。你得亲眼看见他们感谢我的样子才能相信我的话。和他们在一起的时候，我是个被尊敬、值得尊重的女性。我对此感到满足……

直到我在酒店遇见了那个阿拉伯男人。他在我清洁房间的时候回来，开始用冒犯的语言和我调情。我用阿拉伯语回应他，希望这样可以让他感到羞愧。没想他丑态越发明显，他甚至攻击了我，毒打我然后侵犯我。我叫来酒店安保和大堂经理，向他们展示我身上的淤青和红肿，他在我身上留下的痕迹还有我被撕破的衣服。他们把我带到一楼，我在大堂里持续喊叫，他们对我说："我们知道你是个妓女，但是我们不在意，因为这是你的生活。但是你制造这样的丑闻，为了敲诈这个有钱人，你觉得他是阿拉伯人所以害怕丑闻。不，你不会得逞。"他们把我扔出了酒店。

就这样,我找了现在这份机场的工作。一位绅士,也是我之前的客人,他帮我说了好话。我存了些钱,所以在酒店时期之后我决定把女儿接过来和我一起住,也决定不再接待任何男人。

亲爱的弟弟,

仔细听好我要对你说的话。

我回到家乡,满载着礼物,像其他女人一样戴上头巾,用黑色把自己从头包到脚趾,我发现母亲生病卧床不起,但是我没有找到自己的女儿。

母亲告诉我:"你的女儿逃跑了。我不知道她在哪儿。"

邻居乌姆·拉希德拉着我的手,带我去她家坐下,她说母亲把我的女儿强行嫁给了别人。她如今和她的丈夫生活在海湾地区。

乌姆·拉希德和我一起深入调查究竟发生了什么。她认识主持这场婚礼的谢赫，我那未成年的女儿在那时出嫁，我得到了那个男人的名字，从使馆到领事馆，再到法院，我四处上访，终于拿到了地址，我去了那里，找到了女儿。她在一栋类似妓院的房子里做女佣和舞女。他娶了她，也娶了其他几十个女孩。见到他的时候，我发现他既不是男人也不是女人。他的性别模糊不清。他像女人一样打扮自己，一举一动都像。他是个年迈的男人，身体发福，行为越轨。我的头发都白了。我说："我的女儿还没有成年，我要送你进监狱。"他说："带她走。"顺势挥了挥他的胖手，他的手指在硕大的戒指周围鼓起。他命令周围的人把我们拖出去。

回到家乡的路上，女儿一言不发，也不回答我的问题。我问母亲为什么卖掉了我女儿，我已经给她寄了不少钱。乌姆·拉希德告诉我那个样貌奇怪的律师经常来见我的母亲，事关带她的儿子，也就是你，出监狱。但是他欺骗了她，卷款潜逃，我的钱，我所有的钱，那全都是我的钱。

我把屋子翻了个底朝天，找到金银细软以及房子的产权证，我伪造你和母亲的签字，贿赂需要打点的人，然后把房子卖了。是我在她临终的病榻前拿走她的手镯和项链吗？正是。我留她一个人等死，甚至没有叫免费诊所的医生吗？是的，没错。但是我没有用她的枕头捂死她，不像你某次暗示的那样。

女儿和我回到这里之后仍一言不发。我下定决心要治好她，带她去最好的诊所。之后发生的事正如你所想象的那样。为了女儿，我需要赚更多钱，我又找了一份家庭清洁工的工作。家里的女主人没法忍受我，我不觉得她可以忍受任何人。她第一次扇我巴掌，我保持沉默。我说我在她不在家的时候用了她的厕所，而没有去佣人厕所。没有什么比贫穷更惹人厌恶。她喜欢羞辱别人，甚至她的丈夫也不能避免。或许，她最喜欢羞辱的就是她的丈夫，有时我觉得他比我还可怜。他恨她，我丢下那个女人等死的时候真是帮他做了件好事。

我看见她满身是血躺在浴室里。我对自己说她这是晕倒了，然后便丢下她。我偷走了她所有的珠宝首饰盒，偷走了她收藏宝石的箱子，偷走了她丈夫抽屉里的现金。我出门之后用自己的钥匙把门反锁。我通知警察，说我回到公寓之后发现了她的尸体，他们指控她的丈夫，因为他破了产还没有工作，向所有人抱怨她的脾气有多么差，和她在一起生活多么不易。他们说他伪造盗窃现场，谋杀了那个女人，想要继承她的遗产。他们还威胁我，彻底搜查了我的家，但什么也没有找到。他们相信我是清白的。我在他们讯问我的时候痛哭流涕，我因为害怕而哭泣，因为担心自己的生活而哭泣。他们以为我哭是因为他们冤枉了我。

弟弟，我没有杀害我的母亲，我没有杀害那个女人。我只是在知道她们可能死去的时候丢下了她们，这不是一回事。事实上，就算我试图拯救她们，她们也可能会死。我不是杀人凶手。这是造物主的意愿，是神的决定。我为什么不接受上苍的审判呢？经过一次次的打击，他好不容易对我有所怜悯。这一刻，生活的艰难对我闭上了眼而后又看向别处，放松了对我的审判。

我是被母亲杀害的人，也是那个女人那里的遇难者。我是这样看待一切的。我没有伤害任何人。我只是举起手来回应我所承受的重击，这可不是谋杀。

但我很想念我的母亲，我会在夜里哭着和她说话。我说："妈妈，你为什么这么做？如果一位母亲都不爱她的女儿，这世界上还有谁爱她？为什么年纪增长让你变了这么多？我对你不够顺从吗？我总是不加疑问地服从于你。你为什么变得如此刻薄？对我和我的女儿都是如此。我的女儿，你把她从我的子宫里拉出来，带走，贴在你的心口。你为什么在我离婚之后仇恨我，想要忘了我，从你的生命中抹去我的存在？你很清楚为什么我逃离那个男人回到你的怀抱，为什么我要离婚。自始至终，你所承受的比我多吗？为什么你可以轻而易举地看我过着流浪和落魄的生活，看我掉进伺候他人的泥淖？我该想些什么？我的罪又是什么？"

我不能相信这一切都是因为钱。你却同意了……

我心想，写那封信的男人仍在期待见到自己的母亲，在自白亲手犯下的罪行之后得到母亲的原谅。在他的信里，我可以看出除了母亲他谁都没有了。他在母亲的面前，就像在造物主的面前，欣然接受命运，赤裸坦诚，不再有任何谎言……我希望你可以在另一个世界听见我的声音。我乞求你原谅我。我也是一个母亲，我知道你爱我，你在我小时候爱过我……后来命运对你不公。像我一样，你经历了成堆的困难，一层一层重压在你的心上。

生活就是这样决定着一些事。它狂风大作，我们都是风中飘散的鸿毛。

这一切是因为生活，还是因为贫穷？有时我感觉上帝创造了一些不必要的人。他们活得筋疲力尽，却没有任何人真的需要他们，就如同造物主创造的害虫，传播疾病，在尸体上孵卵繁殖。造物主的智慧是毋庸置疑的。苍蝇、蟑螂、爬虫，再比如那个写信的男人，伤害他人，令人厌恶，也比如我……

伺候他人消磨了我，我成了服务任何人任何事的服务员。如果这个地球上的服务人员有一首国歌，我肯定早就记住了它而且唱个不停。上帝创造了其他人，我们服务的对象，他们会畅享生命的果实，用他们强健的牙齿一口口啃食。我们不羡慕他们，我们不可能活得像他们一样。我们只有在看到果汁顺着他们的下巴滴落的时候咽口水的份。当生活对我们还算公允时，我们会成为顺从的仆人，感谢上苍我们至少还适合服侍他人。

我看着眼前的女儿，她在这世上孤苦伶仃，我也一样。她来和我一起住之后我觉得越发孤单。她两眼无神地看电视。我不觉得她是个哑巴，她只是想要折磨我，因为她恨我。她恨我是因为我母亲给她讲的故事，说我抛弃了她，说我给她们寄的钱不够用，说我活得奢靡……我干违法的勾当，我是个妓女。因为这些，她一到这里就用头巾裹住自己。毫无疑问，她怨恨我把她带进这个令她讨厌的世界。

我走进厨房，泡了杯茶然后站在窗后，欣赏着夜色。夜间的空气来自异乡，没有故土的方向。夜色凝重，雨滴打在人们的眼睑和手上。这不是我的生活，我不知道自己怎么落到这般田地。我不知道是谁把我推进这样的夜晚，迎接所有大门都在我身后紧闭的命运。

亲爱的弟弟，

我把偷来的赃物藏在一个隐蔽且安全的地方，你出狱之后要停止对我的所有怀疑和猜忌。停止对我的严厉措辞。因为现在，我已经告诉了你全部真相。你得帮我处理那些货物。我会分给你卖掉房子和其他东西得来的钱。我要照顾我的女儿，让她得到治疗。我们会像兄妹一样相处，因为我再也没有其他人了。我不知道一个人该如何过下去。

我当然不会把信寄给你。我会找到其他办法，或者在我几天、几周之后去探视你的时候把信塞给你。如蒙主愿。

或者我应该停止这样想，因为这会让我处在危险中。

他们喊我回去工作了，

我再看着办。

亲。

亲爱的父亲，

我们总是难以交流。我却曾经认为自己对你的爱足以解开我舌尖的绳结。

我曾经梦想着坐在你的身边，我用双手拉着你的手，我的头倚靠在你的肩上，我们互相讲述着。但生活似乎对我们不公，加剧了我们之间的疏离，让我们距离变远。更令我心生忧虑的是那些在沉默和否认中已经被浪费的机会，我们因此而生出的悔意和悲伤，那时的我们看到时间流逝，我们会面的可能性微乎其微。愿真主使你的寿命绵长。

我知道你多么爱我，我是你等待许久才得到的儿子。今天我给你写这封信是为了证明你是真的对我了如指掌，我们之间没有惊人的秘密能让我和你在这儿说明，口头上的坦白变得格外困难，所以我写信给你。我满足于回看过去的许多照片，我们在照片中形影不离，我就像你身体的一部分；照片里你和我玩耍，喂我吃饭，把我举高或是在我的床前弓背弯腰，你骄傲地笑着向你的父母展示我，你在去学校的路上帮我背书包，我们一起吃冰淇淋我却哭了，因为它熔化后流向四面八方，就像我的意识……

自从我得知你生病，如蒙主愿你可以康复如初，我在梦中拥抱你，而你，要么身处险境，要么奄奄一息。在梦里，我的体积成倍增长，而你的身体却越发瘦小，你像胎儿一样赤裸地蜷缩着，又像一只没有羽毛的大鸟。在这些梦里我可以完全遮蔽你，在你上方弓着背仿佛在你和巨大的危险之间筑起一道屏障，尽管我知道你的病并无大碍，你的身体也在逐渐恢复，然而这些噩梦始终萦绕着我无法散去。如果我对此保持缄默不语，只是因为我不愿意让你再因为我而心生更多担忧。我也不想让这些噩梦再次开启一个在我们之间已经尘封的话题——我软弱的性格。也因为话语一旦脱离语境或是变得冗长复杂,就越容易词不达意。

鼓励我写信给你的是一个女人,她孑然一身,孤苦伶仃,和我一样。很久以前,我在上班的酒吧的个人储物箱里捡到一封信。是的,我曾经在酒吧工作,不是餐厅。她应该是曾经在那里工作的女人之一,负责做清洁或者是陪客人。她或许是想把信件藏在箱子里,有可能她因为信中提及的一些原因遭到跟踪。但这封信里既没有地址也没有签名,字里行间还说她藏了另一个人的文件。不论她藏的具体是什么,都有可能让她受到指控。现在时间已经过了很久,或许这样对她更好。

重点……重点在于两年后我重读那封信,反复读了好几遍,就像我认识那个女人一样,或者说就像是我看到她在祈求某个人的原谅但是却一无所得。不仅仅因为她的信件永远不会送达,也因为我们需要的是他人聆听我们的心声并且决定原谅我们的一切。重读这封信的时候我深受震撼,同时也懊悔不已,后悔自己把它遗忘在口袋里,就像是我小心翼翼地选择忽视某些他人委托给我的事物。尽管我知道我这封信送达的概率几乎为零。好像我这样做是在背叛她或者抛弃她。简单说,我只能不抱希望地回到酒吧，询问是否曾经有人来找我。"没人。"他们回答我。事实上，那时的员工已经全部换掉了。这封信由一个女人写给她在监狱的弟弟，她在信中向弟弟坦白了自己对他隐瞒的生活，因为她一个人在这世间无依无靠。这封没有送达的信就像从最初就不曾有人听见的声音，从这个女人出生的那天起，她就失去了自己的声音。读她的信，我感受到我们的命运如此相近，我们的人生轨迹如此相似。我仿佛在和她一同发问，如果说命运在我们弱小的身躯从母亲的腹中落地的第一刻起就已经被书写，人生中的斗争还有何意义？这样想就好像我可以回到最初那一刻，看我被生出来进入这个世界，产妇手中的那块血肉，对他感到同情，看小小的他撕心裂肺的疼痛过后吸入第一口氧气。就好像是现在长大成人的我真的可以俯身抱起那个婴儿，带他出逃……

亲爱的父亲，

我不想详细诉说自己的苦难中沉没，我想尽快告诉你的是我心里的某个地方为你感到非常骄傲，因为你对我们的爱，你在艰难时刻保护我们的意愿，你随时准备好为我们作出牺牲，为你所相信过的和依然相信的作出牺牲。我时常思忖自己在你的年纪，把自己置身于你那时所处的情境，犹犹豫豫不知道自己是否会作出和你一样的生活选择。这样的练习只是徒劳，没有任何实际意义。没有人可以完全代入他人角度去换位思考。对于我来说，一个重要因素是我的身体，我灵魂的载体，它不是你的身体。在你看来我的身体背叛了你。我不能像你一样成为斗士，我没有像你一样作出承诺，我不是一个真正的信徒，虔诚地把自己奉献给你终身捍卫的事业。我想说的是这并不是因为我在你看来是"女性化"的，很多像我这样的人都参加过战斗，他们去杀人或者被杀，他们甚至可能比其他人更凶残。不，这只是因为战斗和厮杀不是我做事的方法，无论如何我做不到。

　　当男性气质从我手中逃逸，当我看到自己儿童时期的可爱离我而去，变成一副脆弱的躯干，性别的模糊让我的身体在你眼中变得令人反感和厌恶，不再有那可爱的模样，在这些时刻，我最需要看到你依然爱我，或者至少帮助我理解发生的一切。而你却把它看作一种疾病，你指望着我随着年龄的增长或者时间的推移可以度过这个阶段；你说这是没有病痛的疾病，不需要带儿子去看医生接受治疗，不需要为他吃药减轻他的痛苦。我的"疾病"只是一种天生的不足，一种行为上的放荡，说到底就是一种报复，你开始刨根究底寻找原因，说这是上天的诅咒，天降的病症，真主通过我给你的惩罚。

你的痛苦也让我苦不堪言。我想要消失得无影无踪。我祈求真主治愈我的疾病。但若是创造我的时候出了错，我又应该向谁求救呢？我对你感到恐惧，不是怕你手中的武器，也不是怕你身边的人包围你时用的枪械。我怕的是你的钥匙开门时的声响，怕你在浴室外裸露的身体，怕你大笑，怕你残忍又伤人的玩笑，怕你对我母亲的病态压迫，更怕你借口保家卫国排除危害而强加于我们的掌控……

在家时，每当你走过我们面前，我的血液和心跳中同时喷涌着恐惧和欢喜。在外征战时，我会长舒一口气然后开始哭泣，担心你在下一场战役中牺牲。

长大后，我不再将自己看作一个诅咒或者一种疾病。现在，我就是我。因为除了你，还有别人爱我，我又绽放着美，被人欣赏和渴望。我看见了上苍的温润仁慈和心胸宽广……你曾经把这个被上天爱着的孩子赶出家门，然后把一切归咎到一卷烟草。你抽了他一巴掌，责备他走上了弯路。我那时才多大啊？"不正常"成了你的执念，你开始在每一个你遇见的人身上和你周围发生的每一件事中看见你所谓的"不正常"。你声称自己是弱者的守卫者，你保护弱势群体、边缘群体和被剥削的群体；既然你一遍遍说着你曾经和不公抗争，那你倒是说说你杀过多少不正常的人？你在多少叛徒真的做出背叛行为之前结束了他们的生命？

父亲，有天我看了部纪录片，讲述俄国沙皇统治时期居住在偏远地区的一个民族。他们的创造者和神明是乌鸦神"库特拉"。奇特的是他们对待神明就像对他们自己的一员，没有特别的敬畏也没有赋予其崇高的地位，更没有什么崇拜的仪式。他们会责备神明，嘲笑他所创造的世界的种种缺陷。他们称他"愚蠢"，因为他们觉得这个世界本可以更宜人，他们的生活本可以更轻松，受到更少的苦难。尽管如此，他们还是把库特拉看作神明和造物主，或许是因为他和他们相似，他们知道他不会因为他们批评他而遭到报复、惩罚或清算。沙皇的骑兵，令人闻风丧胆的哥萨克人骑着马来到这里，强迫他们皈依东正教，骑兵们烧杀抢掠甚至把女孩和妇女们当作牛来做祭品，因为当地没有这些动物，剩下的人成为奴隶，侵略者在那里建起教堂，承载沙皇的仁慈。

父亲，是沙皇在人世间代表上帝的意愿吗？还是乌鸦神？人们真的有可能自由选择吗？

父亲，我的离开并不是为了逃避你，也不是为了逃避家乡的战火。不是为了继续深造也不是为了未来有更多机会，或者诸如此类……我离开是为了逃离沙皇去追随乌鸦。我爱乌鸦，它是我剩下的全部。我不是天使也不是魔鬼，我或许和后者更接近，如果我们把发生在我身上的一切看作某种报应的话。

我追随爱人和他一起生活不久后，他开始出现各种症状，失去了工作能力，他工作店铺的老板把他扫地出门，我们从小公寓搬去了单间，我的工作地点从几乎赚不到钱的三明治店换到了犹太人街区的同志酒吧。我毫不犹豫地把自己的夜晚时间出售给向我寻求短暂关系的人。我们非常需要钱。我不为自己出卖肉体的工作而羞耻，但是他的治疗却没有成效。我的伴侣，我的爱人，他在我的面前凋零，死亡每天都在逼近。我对他的全部关照都没能起到作用。

在他拒绝再前往医院的时候，我不得不为他擦洗身体，喂他吃饭,帮他减轻皮肤生疮溃烂的痛苦,他已经是皮包骨头模样。我像是虔诚的修女,每日每夜为他的伤口祈祷。我把他抱在怀里,像是抱着孩子,轻轻地在他衰弱的身体上擦拭玫瑰水。我用方纱布换掉他身上的绷带,特意没贴上胶布,我更换清洗他的床单。我在搅拌机里加入所有可以加入的东西,喂他吃饭,然后下楼去公共洗衣店烘干床单,购买日用品……直到他要求我停止这一切。"让我一个人待着,"他说,"我要求你从现在起不再触碰我。"他推开我的手,再也吃不下任何东西。

不久后,每当我晚上回家,我不再会立刻上楼的屋里,而是坐在街头的长椅上直到睡意来袭。一天清晨,日出时分,警察叫醒我。他看起来挺和善,问我:"孩子,你怎么了,孩子?"这座城市的警察居然叫我"孩子"!我起身走开,眼泪止不住地流。

我留下他孤单地死去。无论我如何用言语来修饰,事实已无法改变。无论我如何强调自己只是满足他的要求,听从他的命令,不论我如何重复他有权拒绝我看到他丑陋的、令人反胃的模样,我确确实实留他一个人等待死亡降临。我自言自语地说他死的时候不会需要任何人，他会像微弱的灯光熄灭般死去。他不会需要我，不会需要任何人。他已经在死亡的路上走了一段时间。我必须忘记他，否则我会和他一起死去。

我习惯了在街头游荡。触摸他人的身体对于我来说是一种慰藉，我需要许久，不断寻找。充满活力和生机的健康肉体，不会流脓的皮肤，仅有的疼痛都是为了愉悦。

我对麻风病人和残破身体，对那些孤苦伶仃又无依无靠的病人们产生了强烈依恋，这样的情感成为滋养我的爱心和热情。他们数量庞大：生活猛地把他们丢到孤独的边缘，他们无法被人看见，被无法逃脱的流离失所包裹。他们既看不见别人，也无法被人看见。任何试图穿过围墙的行为都会以暴力冲突的灾难性结局收场，围墙的两边就像两个磁场相互排斥的物体，两个完全被割裂的世界，他们说着无法破译的语言，没有任何一个方向可以产生有效的交流。

我们在城市街道上游荡，有时偷窃，更多时候乞讨，我一边遗忘一边放声大笑，好不快乐。晚上，我和他们一起去他们酗酒睡觉的地方，去街道的犄角旮旯，去桥墩下，天气寒冷的时候我们还会去接待中心。在其中一个中心,我们做了体检,我的结果是阴性,我因此感到快乐。

在那里,我的伙伴中有个年轻人,他时不时会出现,向我们传教。他不像普通牧师那样令人生厌,反而会和我们一起说笑。他不会口若悬河地讲述地狱和地狱之火。他称自己是福音传道者,是《圣经》的人,不是教会的人。他阅读《新约》,从拿撒勒的耶稣的生平中学习。我们没有赶走他,因为他既可以讲故事娱乐大家,还有渠道联系多个组织,给我们带来需要的东西。后来,他带我们,我和几个年轻人,一起去城外一家很不错的移民中心,看起来像个小型酒店。那里的医生告诉我说我的一只眼睛就快要失明了,得重视另一只眼睛的情况,可不要两只都瞎了。他说这不是我的错,而是因为一种传播细菌的虫子在我的眼睛里筑巢产卵。我很难过,但束手无策。难过又生气。很快我便决定尽一切可能保住我健康的那一只眼睛,遵循医生的一切嘱咐,每周接受医生的问诊。

在一次傍晚集会讨论弥赛亚故事的时候,我问传教士:"为什么本丢·彼拉多问他们在逾越节应该释放谁,拿撒勒的耶稣还是那个小偷、那个强盗时,为什么人们——为什么所有人都选择了巴拉巴,那个偷盗者?"

他的回答幽默风趣,引得我们捧腹大笑。他说:"因为人们并不总是对的。"

我说他这样是在作弊,因为真正的问题是为什么人们投票反对耶稣?为什么这样做符合他们的利益?他们的动机是什么?

我们中的另一个人说:"耶稣已经知道会发生什么,他决定自己被钉上十字架。"

另一个人问:"但为什么?"

他说:"事情就是这样。"

传教士说:"为我们牺牲自己,为我们而死。"

"那么,为什么我们仍然会死去,以最丑陋的方式死去,即便我们都没犯过罪?"

我们又笑起来，像往常一样大声开玩笑的时候，他思忖了一会儿，然后说道："这是一个寓言。《圣经》都是关于比喻和符号的。你们中有人知道弥赛亚为什么在水上行走吗？"

"不，"我们说，"不，我们不知道。"

"这样我们其他人就会去尝试不可能的事情。"他回答道。

我喜欢水上行走这个想法。我看着小组里的所有成员，他们全部都是被从水中拯救出来的生存者，沉没海底的船带走了他们的朋友和家人。或许他们应该尝试在水面上行走。可是他们没有足够的信念和教化。如果我们是信徒，我们就已经抛弃船只行走在水上，不用面对乘船的风险，也不用承担相应的费用。我早就穿上了舒适的拖鞋，行走在水上，一直走到欧洲甚至更远的地方，哈哈哈……或许我还会尝试滑板，这样比走路要快一些。或许我会在水面上停下野餐，在蓝色的海平面上，然后再打个盹，储备精力再继续跨越海洋。

我说笑着问他:"为什么十字架上的人身上的那块布料从来不曾掉落?"我知道那时被钉上十字架的人都是全身赤裸,所以我继续说道:"他们把人钉上十字架的时候都是全身赤裸,就是为了暴露他们的隐私部位,羞辱他们。所以为什么要遮盖呢?"照料教堂的图画和雕塑的形象,关心礼拜者和信徒们的感受是一件好事。信徒们生性害羞,喜欢集中他们的注意力,但是我们呢,现在他们动不动就找借口用微不足道的程序脱光我们的衣服。"快点,脱掉你的衣服,动作快点,全部脱掉!""内裤也脱吗?""脱掉!"就好像一个人的生殖器或者肚脐眼里可以搜查出秘密。无论如何,没有人因为我们裸露的下体而感到害羞,他们没有,我们也没有。

传教者继续讲象征符号,在认真严肃和嬉戏说笑之间摇摆不定。最后我们把他赶出了团体,因为他的娱乐精神真的很有限。后来,我拓宽了自己的交际圈,也开始享受听自己不会的外语。当移民中的一位对我说外语的时候,我只是微笑着点头,什么也听不懂。

出于某种原因,他们经常和我长时间交流,或许是因为他们知道我听不懂他们的语言。

他们和我说话的时候不会看我,也就是说希望我听其说话的人本应看着我说英语。或许他们认为我是个疯子,至少精神不太正常,因为我只有一只眼睛。或许这就是为什么夜里他们会在我的面前哭泣,他们会赤身裸体地从浴室走到我的面前,一点也不觉得尴尬。

那天早上我们外出完成锻炼任务,突然间我们的中心被彩色小帐篷包围,像是草原中盛开的花朵。然后,一队大巴到达,车上满是妇女和儿童,他们在铁丝网围住的空地下车。空地四周警察戒备森严,用扩音器从塑料盾牌的后面喊话,扔给他们瓶装水和成捆的衣服。空地的另一侧,电视台的大巴排列成队。我感到眩晕。我自言自语"这下麻烦大了",然后走开。

父亲,我写下这一切都是为了告诉你,和其他人一样,我投票给巴拉巴,人民的良心。现在,我终于认可沙皇的权力。这些无家可归的日子里,我流浪漂泊,漫无目的,我承受着病痛和眼盲,身无分文,无处寄宿,筋疲力尽,我想回家。

我还有证明自己身份的文件，如果你接受我回家，请寄给我买机票的钱，或者发一封电报到机场邮局——我会在那里寄出这封信。我会在那里等待你的答复。

希望你可以尽快回复。祝好。

2
在机场

我发疯了似的赶到机场,希望可以在那里见到他。

那个人告诉我,我们那天见过的人,我们嘲笑了他胡子的人,刚才看到他拦下一辆出租车,带着一只大箱子。

我怀疑此人是否真的如他所说是他的亲戚,尽管他十分友好地向我介绍了他自己。他说我的处境令他揪心,因为我在街上路过他的窗下抬头看的时候他看见了我……无论如何,我想这不是深究细节的时候,我迅速拦下一辆出租车,直接去了飞往他们国家的航班登机口,傻傻地在那里等了好几个小时……

我怎么可能找到他？我怎么能够相信那个骗子？他骗我又是为了什么？这里的人好奇怪。男人之间错综复杂以至于显得病态。

我走过他的街道，路过他的房子，有时房间亮着灯光，我会坐在对面的咖啡馆，和性工作者还有皮条客们一起，等他下楼买些什么必需品或者散步，这样我就可以制造一次偶遇。

还有些时候，我持续观察他的窗帘，试图寻找一个女人的身影，他众多情人中的一位。我最根本最有效的动力是惩罚，是复仇。但是我想要找到足够残忍的器具，以及让他足够疼痛的方法，去他的生活里挖出一个洞，让他永远无法忘记。

我仍未平复我的愤怒，过去几周他的房间持续昏暗，我向他的邻居，一个可能和他有染的肥胖站街女，打听消息，她却说已经有一段时间没见过他了。

这个男人真是个有害的存在，他生性如此，自暴自弃，又自大自满，思想落后又自命不凡，充满暴力又容易流泪。他一旦认定我喜欢上了他，或者至少是上了他的床，他就开始折磨我，他对我施加暴力有计划有预谋。他指望着这样做能让我更加依附于他，这逻辑真是病态……

我讨厌他和他过于复杂的那一面，他那些解不开的心结似乎从他那不幸的童年时期伊始就伴随着他，那时的他还生活在萧条的祖国。他的孤独唤起我的温柔，也成了我脑海中的执念。我看他没有任何朋友，也没有亲人，更没有可以和他同居超过一周的爱人。

仇恨和同情的混合产物让那份爱失去了可能性，也摧毁了我生命中的好些年头。直到同情荡然无存。

复仇成了唯一的目标，我要找回他从我这里夺走的生活，回到男人们身边，回归爱和性。我感觉他像榨果汁一样榨干了我的灵魂，我不能再次变得美丽或是在任何一个人的眼中显出诱人的样子。那个男人怎么可以先是像发了狂一样想要我，又在同一个晚上抛弃我。我曾经对自己说那是因为他太爱我，他想要考验我，对我像对待约伯一样，像上帝出于对他的爱而考验他。上帝为了奖励他的善心所以选择他。上帝对约伯说：你值得我对你所做的一切，我选择了你而不是其余人类，我特意为你准备了无边无尽的折磨……你会获得自由，你不受我在你对我的爱上所下赌注的牵连，你可以自由选择这个赌局是赢还是输。然而，这个故事永远不会结束，除非我赢得赌注……这就是谚语、传说和神话故事中的智慧。

他选择了我作为他这么做的对象。其他和他一起过的女人都已被抛弃，她们被允许平安地离开，带着深沉的告别，或许还有他的善良和感恩，除了我……除了我。就像他不得不把我抓回去，他被判要从我能逃到的任何地方把我找回去，如果说我成功逃跑了。他锲而不舍地找回我，只是为了把我丢到更远处。

击败我的是我自己的愚蠢。为什么我要回到他身边？是他的承诺把我拉了回去，他承诺留在我身边，照顾我，补偿我强大的隐忍力，抚慰我隐藏起来的内心溃烂，对我的疾苦负责。因为我已经变得和他一样病态，这确实是同一种病。这一切已经超出了我的承受范围。通向他的道路足够恶心以至于我无心到达，我不再想要他的爱，我不想要当约伯那样的圣人。我想要在我的伤口中沉淀下来，却不想让这些伤口愈合。

但我从来没有抓住过他的爱,他也没有补偿过我,直到我拒绝了他……

他消失了。我以为爱情可以卸下一切面具和伪装,爱情是唯一的真理,正如他们通过弥赛亚的文字教会我的……但现在我感觉整个世界完全被面具遮住了,这个世界不过是成百上千的面具堆叠在一起,而我却是盲目。

我坐在靠边的座位上,以防路过的人看到我的眼泪,我差点就向他们大喊:怎么了?我哭有什么奇怪的?机场不就是分别和流泪的地方吗?!

我擦了擦鼻子,深吸一口气,如果不是我的父亲已经过世,我会去找他,他是唯一我可以问话的人:"那个男人消失去了哪里?为什么他一个字都没有给我留下?""他想从我这里得到什么?""他想要什么?"

父亲,帮帮我。是我一手造就了他的孤独和异化吗?我还有什么没有为他尝试的呢?我的心为何如此牵挂他?我独自一人远离他的时候会突然感觉到他的脑袋就在附近,比如说在公交车上，我会毛骨悚然随后开始哭泣。为什么？为什么我会在任何一个像他的男人后面，跟着走好几个小时，我明知道那不是他？他有爱过我吗？一天或者一瞬间？在咖啡馆、大街上或者床榻间？我像他爱过的女人吗，他在我身上看到了她的影子吗？我像他的母亲吗？那个在我的想象中被他厌恶的女人，他对她的反感之强烈让他无法接受任何人问和她有丝毫关联的事情。

他有没有可能是被迫消失？他是不是有我不知道的敌人？他不太可能对此事只字不提就回到祖国去，不可能一次都没有提及，压根不可能。特别是他还在努力找回自己的护照。我想是这样的，因为我们最后成了朋友，或者我们本可以成为朋友……

他找回了护照吗？我不确定。他对我说过太多谎。是啊，他频繁对我撒谎。我穿过他的层层谎言，就像雨天走在雨中。在他一个又一个谎言间，我也忘了去检验他所说的话。在我咽下他的上一个谎言之前，下一个就已经赶了过来，直到事情发展成我要自己说服自己，他建造谎言大厦，设计它的工程结构，他所付出的巨大努力都是他爱我的证据。弱势者，空虚者还有失败者的爱。

我回到自己的思绪中，想象他是如何像马戏团驯兽师驯服大熊或其他动物一样驯服了我，我接受了。我全盘接受，从未要求一句道歉，哪怕是一颗糖果作为补偿。然后他又训练我去跑障碍赛，我每跨过一个障碍物，他都会再加十个。我接受了。我全部收下甚至没有要过一枚锡铁奖牌。或许在他病态的头脑中，这一切会让我感受愉悦，带来一种受虐狂的快感……或许他是对的，他在我身上看到了我所不知的东西。如果不是这样，我又为何会接受呢？

就像是我对着风，对着鬼魂，对着人的影子打开自己的双腿和真心。他看我的时间越久，我就变得越发透明，直到在他的眼前消失。每次他和我上床的时候，都像在吞咽果实一样吃掉我，然后又像处理果核或者有害食物残渣一样把我扔掉。他爱我的什么？他又讨厌我的什么？他害怕我吗？他有什么惊人的秘密吗？

他去找比我更爱他的女人了吗？为什么他把她藏起来？他知道我不会阻止。我又要如何去阻止呢，我有什么资格呢？我早就知道自己在他那里没有任何权利，我接受了。我甚至满足于更多更具羞辱性的考验。我想要让他放心，为了他，我成了另一个女人，我毫无怨言地接受他们国家的女人不可能接受的事。或许我应该反过来。或许我应该做的是不要和她们相像。我不知道，我已经什么都不知道了。

我只知道自己汹涌的仇恨。除了渴望复仇的暴力，别无他物，杀人的念头油然而生，想要亲手了结了他。

我需要回去找到那个大胡子男人，但倘若我真找到了他，他说的任何一个字我都不会相信。

他怎么能这样丢下我？他怎么能丢下这样的我？

我到机场的时候已经迟到了好几个小时，十个小时后的候机之后还要飞六个小时才能到达。

我已筋疲力尽，但酒店还在一百公里开外。这意味着一小时的出租车车程，还不算堵车时间。外面下着雨，车开不快。

我的行李箱还没有出现在传送带上，不排除丢了的可能，这倒也不意外。可能要花费好几天才能找回，他们可能无法在我回加拿大之前找到箱子。箱子迟迟不出现无异于火上浇油，让我的疲惫转变成愤怒和苦涩。

我为什么没有带一个小箱子，可以放在座位上方，就像以前一样。我是否曾设想自己会在此停留一周或者更久？有时候大脑不讲逻辑确实很奇怪。

现在我该怎么办呢？工作人员让我在行李处填一张表格或等待，等到有人在行李分类和分发中心碰巧找到，他们花了很长时间解释因为风暴，所有机场现在都是一片混乱。我彻底迷失，累到极点，大脑可能已经停止运转了。

我归还了行李车，坐在等候区的椅子上。电动传送带停止工作。来自其他始发地的游客们聚在周围。

我记得自己的药品在行李箱外侧的口袋里，我随身携带了航程中需要的剂量，余下的都放在那个口袋里。我为什么要这样做？药品很轻，我本可以把它和机票一起放在手提袋里。

为什么……为什么？

为什么我在这里？是什么把我在暴风之夜拉出了家门？只是为了游戏人间？为了说笑？去见那个我认识的时候还是年轻

女孩的女人？害死人的好奇心？或者这是一种古老的男性魔法？出于我充满青春活力还挺好看时的魅力？紧接着我又问自己，为什么不呢？走着瞧吧。我不想屈服于日复一日的生活轨迹。这是我们会在小说中读到的好结局，这也是电影诱惑我们去观看的原因，不论我们自认为有多么严谨和科学。电影画面在我们的血液中留下毒素，渗入身体，医学检验也没有办法发现它……

"为什么不呢"真是一个丑陋的表达方式，它可以把你带向自我毁灭，因为它是如此玩世不恭。你可能会输掉这场游戏，这不适合我，它不再适合我，就像幻想可以在冒险结束很久后再找回。我年轻时环游了半个地球，二十岁那年我休学一年环游世界，那时我遇见了这个漂亮女孩，我记得她迷人的部分，但那也有可能只是年轻时的我在自我享乐而已。或许我当时已经喜欢上了她，那个年纪常常如此。无论如何，生活待我不薄，我也曾行走在命运的安排之中。我和梦中情人结了婚，学业有成，事业也蒸蒸日上。所以我现在想要什么？我的关节已经不能支撑我多走一条街，我的女儿会这样讽刺我。这是我随着年龄增长而产生的苦痛？如此这般糟糕的感受会不知缘由地倾泻而下吗？

还是说，我的热情一下子变调都是因为我的行李迟迟不见或者不翼而飞？

又或者是我痴情的浪漫主义混乱了我的头脑，让它受不了旅途的疲劳，我们已经很久不再沉溺于书籍或电影。数十年来，我没再读过这类书或者看爱情电影。这个女人，这个曾经的女孩要把我带到哪里？带进怎样的陷阱？当我们不得不从沙发里起来去开门时，我们又回到理智的现实中。我们残破的身体可以欢欣又迅速地认出它自己在那里制造的小崩溃。我们回家时关在身后的那扇门，仿佛把我们隔绝于外面世界的恐惧、噩梦与危险。

年龄摆着，我们迟到了太久，对于她和我来说都太晚了。

现在，我确定她没有来。她不可能真的从自己的国家来到这里。她一定考虑过这件事，只不过脑中的幻想之风并没有我脑子的吹得猛烈。

但是她确实告诉我，她在信里写道，如果她离开家，来到这里，来到这座城市和我见面，她很可能不会再回家乡，她还有其他的路要走。为什么她要说这些？她还有什么旅途要走完？还是说她想让我明白，我们的见面将是短暂的，我们相见是暂时的，她不会和我待在一起，也不想从我这里得到什么？！

我现在觉得这些安慰人的话语都是骗人的，是圈套。我对这个女人又了解些什么呢？她又为什么不会逃避她所做过的事呢？就算会见她，这又怎么不会是一粒沙子，足以让我的生活运转不灵呢？在她的脑海中，我还是那个浪漫的年轻人，到处冒险，云游四方，身上也没有行李。她无法想象我改变了多少，现在的我距离当年的男孩有多远。

事实上不是我在改变，而是整个世界。那个我曾经毫不畏惧纵横四方的地区，在那里我遇见的人照顾我的食宿，或者我平安地露宿街头，内心没有任何牵绊或者担忧……现在我还会去哪里旅行吗？当然不会，不可能……

那时，所有的憎恶和仇恨以及可怕的暴力都潜藏在何处？我没有察觉到丝毫波动。

或许就像一座火山,我和所有游客看到的都只有山顶上覆盖的冰雪。

在新闻报道或者纪录片中看到那里世界末日般景象的时候,我会感到自己从未去过那些国家。当然,这些照片不是故事或者传说,但是你需要付出比常人多的时间和努力才能真正了解在那儿发生的事。这样做的人都会被无济于事的负罪感推动着。如此举动通常都会无功而返,除了那些无所事事的浪漫派年轻人,他们可以从中创造出些所谓有意义的事。那些想过要近距离了解这个朦胧世界的人,最后都躺在小盒子里回到了亲人身边,有的甚至再也回不去。

这就是我会告诉女儿的话,她有时会一边嬉笑一边严肃地控诉我作为白人男性的冷漠:"但是你去过那里,你怎么可能对他们一无所知?!"

从前的我的确一无所知,现在的我依然如此。现在我来到了一座遥远的城市,想要见到来自那个世界的女人。

我们对于经历过内战的民族能有多少了解？暴力，毁灭，失去的一切，还是落空的希望？害怕和恐惧无疑也在其中。他们会怎样改变？他们身上有哪些变化，他们僵化了吗？在一个人过去的二十五年生命里，死亡过分迫近还变得过于容易发生，人心成了一个有点用处的肉泵。热血在五脏六腑里喷涌只是为了逃命，而非任何其他原因。

没有情感，没有记忆，没有……那个女人她想逃离什么？

工作人员走近，请我去认领行李，我突然松了口气。

我回到最近的机场酒店，明天我会坐第一班飞机回家。

我会沉沉地睡一觉。至于她呢，不论她在哪里，我想对她说晚安。

我希望自己睡个好觉。

我想念妻子脖颈上的味道。

他们在街上捡到我,用力把我拖走。

我开口求救:"圣母玛利亚,拿撒勒的耶稣。"我大声呼救说自己是无辜的,我以自己知道的所有圣人名字发誓。

直到机场警卫处的最后一刻,直到机舱门口,我一直哭喊着:老天爷,这究竟和我有什么关系?

他们问我:"既然你说你有居留文件或者难民证明,那你把这些纸藏到了哪里?"

我向他们发誓说自己还在等这些文件批下来。

他们追问："那么证明他们已经收到你申请的收据在哪里？这份文件可以让你自由活动。"

我向他们保证说这些都在集散营的大火中被烧毁。新闻报道了这件事，整个世界都看见了当时的照片。我继续说："老天呐，我没有说谎，我这就要申请重新办理丢失的文件，以上帝的名义，以主之名，我发誓！"

他们带着几分讽刺嘲笑我，而后说他们听说了不少关于那件事的消息，又反复强调我的朋友被他们在重大犯罪现场逮捕之后已经对一切供认不讳。他详细讲述了他自己和我的所作所为。你参与的可真不少。你们一同杀害了收留你们的本国公民，偷她的东西，然后分尸？还有一些尸块我们还没有找到，比如说心脏，你们吃掉了这个女人的血肉吗？你们还要问为什么别人对你们既害怕又厌恶吗？来吧，各回各国！

"天呐，我真的没有参与，老天爷！"

"认识你的证人可不少,很多人都见过你们俩在一起。现在不是玩闹的时机,要么你承认罪行,要么你回阿尔巴尼亚,那里的人们更善于从你这样的人身上审问出真相。"

我试图欺骗。我只能被迫说谎。或许他们会相信其中的一点,一丝一毫,但是我却让自己身陷流沙,渐渐沉没,直到无法呼吸。

当我呼喊着说在那边他们会杀死我的时候,他们问我:"他们是谁?"

我回答说:"帮派人员,我曾经与他们共事,后来我感到害怕,虽然害怕,又会燃起其他希望,所以我从他们那里逃跑了……"

"我们会把你交给阿尔巴尼亚警察,你去那里给他们解释你的处境……"

那个脑子不好使的阿拉伯人凭什么这样对我?就因为我那个雨天在超市门口见到他就可以判我无法上诉的死刑吗?这么

多年来我不停地逃亡，就因为生在一片被诅咒的土地上，现在我即将面对处决。没有必要再去想如果我是英国人、澳大利亚人或者瑞典人这一切会变得多么不同。他们还会这样调查我吗？有时我想自己一定是被鬣狗妈妈抛弃的雄性幼崽，我是被生活抛弃的小鬣狗，没有任何兽群会接纳我。

我告诉他们我是个流浪汉，不是杀人犯。我是道德沦丧的流浪汉，但凡我知道那个罪犯的任何计划，我都会告发他。我告诉他们我是举报之王，我曾经背叛了自己的兄弟，为了逃到这里来偷走了母亲最后的积蓄，你说如果我知道些内情为什么不告发那个阿拉伯人呢？

我告诉他们我只想要他们几分钟的时间，他们听我说话，告诉他们我曾做过的事，让他们大吃一惊然后相信我。只要他们中的一个人听我说话就足够。你们现在判我死刑，请你们允许我最后的请求……

世界啊！世人啊！听我说，呜……

但是从这一刻起，不会有任何人和我说话，听我讲话，我现在已经加入了自然的残渣，就像动物腐烂的尸体。就这样，他们将把我丢进飞机，将我的四肢绑在座位上。

我不认为他们在我回去之后会让我见任何人，他们会开车把我从机场直接带去监狱。他们不会相信我说的任何一个字，不相信那个阿拉伯人存在，也不相信有帮派存在。如果他们相信我，假设他们给我时间，听我讲话，谁又会为我在海外的谋杀罪行辩护呢？安全部门为什么要给我这号人提供保护呢？我对于国家安全人员有什么用呢？我只不过是黑帮小弟，有点前科，先逃避他们的正义审判，再逃避驱逐我的国家的司法程序。我谁也不是。

他们不相信我更好，这样我就可以待在一间牢房里。当然帮派可以派人来监狱里刺杀我。他们从不会给叛徒减刑。我了解他们，也确实背叛了他们，我一旦回来会让他们欢欣雀跃……

为什么上帝把那个阿拉伯人安放在我通向悔悟的道路上？是因为上帝无论如何都会拒绝我的忏悔吗？还是说像我这样犯了罪的人没资格悔悟？抑或他对待我就像对待他敬爱的先知们

一样，想要考验我呢？

为了考验我而取我性命又有什么意义呢？

我要追逐她直到世界尽头。

因为她，我弄丢了生命中的许多年岁。我是头蠢驴，对她做出那些事。她大我三岁，我却觉得自己要对她负责。女人就是诅咒，从创世起亚当的孩子们就遭受她们的报复。书里对她们的记载并不只是想象出来的虚构故事。

我为了维护她的荣誉才进了监狱，差不多是为了维护她的名誉。我曾经想不择手段地积累财富，全都是为了使她免受街头污浊的侵蚀，不用去低声下气地为他人服务。家人如果不这样做，家庭又有什么意义呢？我是她哥，我理应守卫她的荣誉,她那已经成了污点和耻辱印记的荣誉。

我的父亲过劳而死,死于精疲力竭,死于被压弯的脊梁。他在一天夜里心搏骤停。全世界转向了我,对我说:"你现在是一家之主。"母亲说:"你姐姐离了婚,要带着孩子回家。你现在长子如父,你得做点什么。"我照做了,我拿走他们为我准备的行李箱,这件事原本很简单,直到老天决定了这件事的走向,直到狗群嗅出箱子里装的东西……

我的姐姐劫掠了我。我得到消息的时候已经人在监狱。她伪造文件,变卖房产。谁能相信呢?她先是杀害了她做工那家的女主人,然后把全家洗劫一空。最后被起诉的却是女主人的丈夫。

谁能相信?天呐,她被什么恶魔附身了呢?她哪来的这些主意呢?她又是怎么学会挖掘如此天衣无缝的陷阱的?要我说,她还处理掉了我们那病重的母亲。她杀了她的母亲。

是什么让她变成这样?

除此之外,我还得知她和许多男人约会。没有人会直接告诉你你的姐妹在出卖身体;我的姐姐确实在当妓女。这个女人绝不是我姐姐!老天爷,我不认识她!

可以确认她出逃了,丢下这个国家,去往"未知的方向",就像他们嘴里所说的那样。我没有她的一丝音讯。她消失了。没人知道她在哪里。但是我会在家乡弄清一切。在那里,我会找到她的踪迹。她不可能凭空消失,因为她在那里至少还有一个女儿。就算是杀人犯和妓女也会在母亲去世之后回去找自己的女儿,何况女孩也没有父亲可以投奔。他已经再婚,早已不想再要这个孩子。

一切都将恢复,首先是拿回房产,然后我会追踪她并且找到她,然后杀了她,一找到她就宰了她。嘿耶!

是她强迫我这么做的,她没有给我选择的余地……我们小时候,她是漂亮温柔的姐姐。她把自己的食物喂给我吃,在我哭泣的时候为我出头,和街头的男孩们对峙。她带我去商店,让我随意挑选,然后用她口袋里仅有的钱付款。她保护我不被棒喝,她在父亲惩罚我的时候哭泣。她用小手环抱住我,用水擦洗我的脸蛋，然后逗我笑。我睡在她的旁边，靠近她的心口，她给我讲故事，一遍又一遍，只要我想听，她把自己的辫子给我玩，直到哄我睡着……

上天呐，神明啊，告诉我这个小姑娘去了哪里？我的姐姐去了哪里？

我如何逃出她造成的这种局面？我能去哪？我借了买票的钱又可以去哪？去哪？

——请问你们有没有收到我的电报？
——没有吗？谢谢……

——请问有没有寄给我的机票？
——没有吗？谢谢……

——请问有没有发给我的电报？有没有可能它被送到机场里的另一所邮局？
——不会吗？谢谢……

——请问你们有没有收到写有我名字的机票？有没有可能系统错误，机票被送到机场外的航空公司办公室？

——不可能吗？谢谢……

尾声

邮递员之死

村子里的野狗追逐着我，直到墓地。我格外小心其中的几条，特别是成日饥肠辘辘、凶神恶煞地在外面游荡的那一条。我在自行车篓里放着可以分散狗群注意力的东西，好让它们不来追我咬我，因为我的双腿已经不能承受更多的啃咬。我的年纪已经不小，长大之后斗狗已不再好玩，不再像我小时候那样。

但我热爱我的工作。我觉得自己退休之后一定会难过，变成被人遗忘的老头，他们会忘记和我的约定，没人再会等待我出现。以前，他们听到我的自行车铃响之后都会走出来，站在大门口。铃……铃……铃……远远就可以看到他们挥着手询问信件。他们中间有背井离乡在此定居的移民，有新婚的爱人们,我是说那些丈夫们去了海湾国家而独自留守的新婚妻子们,她们总是第一个冲出家门。我把信件送给他们的快乐和他们收信的快乐旗鼓相当。录音磁带只需要放进机器播放,但面对手写的信件,我会留下朗读它们的内容,不会次次如此,而是当我知道收信人不识字的时候。

我会和他们一起喝咖啡,他们知道我喜欢微甜的口味。每当信封或者包裹里有些礼物或者好东西,我总是能从中分到一瓢羹。我的送信之旅在小商店结束,通常都是愉快的出行,除非我带去的是人们的讣告。就算如此,他们还是会欢迎我,因为送信的人又怎么会因为信件的内容而被指责呢?

在我们的偏远地区,我就像一位王子。无论我的自行车停在哪里,人们都会热情迎接我,甚至邀请我一起吃饭,又或者他们会强行给我装上厨房里新鲜出炉的食物,最好的莫过于现烤的还冒着热气的面包。

这些都不是很久之前发生的事,一点也不远。不论是互联网还是其他什么,都没有能减少人们对我送信的需求,甚至网吧像雨后春笋遍地发芽之后也没有对我产生影响。因为人们不容易接触到电脑，它们价格昂贵还时常断网。更何况它们都受到政府的监控，或许就是当局切断了网络。无论如何，没有人敢在电脑上写下可能让某些人生气的话。又或者是他们因为害怕，所以想象出政府在监视一切，甚至传导电流的空气都受到监控。至于信件和磁带，它们很少被监控，因为它们被视为落后的交流工具，远不会被恐怖主义思想侵蚀。

我成了邮局的工作人员，不再外出派送信件，因为战争爆发，战火冲出地狱之门从天而降，没有人知道怎么会这样，为什么会发生这一切。他们说是有了"ISIS"或者"伊斯兰国"，于是万物出逃，生灵涂炭，惨死街头或者躲进牲畜的圈厩。至于原有的动物，它们散乱地逃进沙漠寻找食物，或者在死后被吃掉尸身。我也逃跑了好几次，但是我总会回来领工资，那时候工资还可以基本准时地下发到办公室。

我所做的全部不过是逃跑和回归。跑路，徘徊，兜圈，感到羞耻然后回到原地，在我能找到电池的时候听录音带上的歌曲。办公室大门脱落，门后再也没有一位员工。如果我有妻子或孩子，我都没有办法像现在这样来来去去。换句话说，如果我把他们留在帐篷营地或者路上，我都可能无法回到他们身边,在这广阔世上任何一个角落都无法找到他们。有时候我想自己可能活不到"伊斯兰国"或其他恐怖组织被消灭的那天。上苍的怒火不会在我死前平息。我这辈子算是完了。

有时候我会想那些没有办法被送达的信件,或者那些被堆积在某个角落,寄信人不知道它们下落的信件。它们像是死去的纸张堆放在街头空空荡荡的角落里。或许现在人们已经把他们烧毁了,人们已经不再对送达他们的信件抱有希望……或许他们也已经再也不写信了。受到袭击地区的地址彻底消失,我们空无人烟的村庄日渐成为荒原,人们还能写信给谁呢?写给哪个地址呢?战争结束之后,人们会花很长时间给街道命名,或许它们会有全新的名字,胜利一方的名字或者当下区域掌控者的名字……

我认真思考要不要移民去我兄弟住的地方。也就是说,如果他还住在我知道的那个地址,没搬走。但是,我首先需要一位邮递员,哈哈。需要他先把我不知道是否还留在家的官方文件带过来。我现在住在邮政中心,可以进进出出,却丝毫无法靠近我家所在的区域,更大概率我的房子已经被完全烧毁。但我又能在这里住到什么时候呢?这场战争没有必然的走向也没有预期的计划。今天的战败者明天可能会更凶残更有毁灭性,可能在你认为他上次战败已经逃走时回来攻击你。我从收音机上听来的新闻似乎都是过时的，没有任何价值，我的耳朵告诉我这些新闻错得离谱，因为我可以直接听到爆炸的声音，无人机盘旋的声音，与此同时播音员却声称战火已经转移到别处。

现在我只听歌。专注于准备食物，这件事每天都愈发困难。无聊在我的心中滋长，我已经读完了我这里能找到的所有信件，并且给它们分了类。我从中整理出一份索引，然后把它们收集在有清晰的地址和日期的文件夹里。或许有人或者工作人员回到这里，他们可能想要把这些信件送到收信人手里，每一封信都被装订在它的信封上，文件标题中还写明信件的重要性和派送的优先级。我还决定要给模糊不清的地址加上细节，方便那些没有在这里当过邮递员的人。

现在，我写一封信给可能来到这里的人，我把它放在一眼就能见到的地方，放在索引旁边……

我可能在任何人来到邮政中心之前死去，

谁知道呢？

胡达·巴拉卡特专访

以下是本书译者马琳瑶 2018 年 12 月 22 日在巴黎索邦大学攻读阿拉伯研究硕士学位期间对胡达·巴拉卡特的访谈实录。

地点：巴黎，波利松咖啡馆

胡达·巴拉卡特（以下简称"胡"）：他（弗雷德里克·拉格朗日）写过一些关于我和我的作品的文章，你读了吗？

马琳瑶（以下简称"马"）：我读过。

胡：你要和他讨论一下，我认为这对你的论文很有帮助。你来法国多久了？

马：三个半月。

胡：你法语说得挺好的，怎么学的？

马：在上海学的，在我中国的大学学的。

胡：上海啊，我还没去过中国，但是我挺想去的。

马：您愿意的话，我们可以通过学校邀请您。

胡：你知道，一个作家要在他的作品被翻译成某种语言的时候才会被邀请去那个国家，我的作品被译成了不少语言，但是没有汉语。可能中国读者对于中东和阿拉伯语的兴趣不大？我不太清楚，但我有这种感觉。他们翻译了一些古代经典，但是现当代的没有翻译。

马：近几年我们翻译了阿多尼斯和马哈茂德·达尔维希。

胡：很好，有阿多尼斯，只翻译诗歌吗？

马：说不准，这个和译者的偏好相关。

胡：以后会有的，等你当老师了。

马：希望如此。

胡：说不定呢。言归正传，你的问题很有趣，但是没有一个中心问题，你的论文主题是什么？

马：是您前四部作品中"雌雄同体"的人物形象。

胡：好的。

马：我之所以选择这个角度，是受到了一些英语国家研究者的启发，这个主题有一定数量的研究成果，并且我很感兴趣，所以以此为研究视角。

胡：他们真的做了很多这方面的研究？

马：是的。

胡：我都不知道。

马：您感兴趣的话，我可以给您发一个研究综述。

胡：当然了，因为我不怎么读英语作品，我主要阅读法语，我也读从英语译成法语的作品，我能用英语交流，但是阅读的要求更高，我的英语还不够好。

马：我可以给您简单介绍一下这些研究。

胡：不用了，我经常会收到这些研究，或者碰巧看到，我认识一个人，他有一份很有趣的研究。他花大篇幅讨论了我的第一部小说。他叫什么来着？

马：萨曼？

胡：书名叫《不可言说的爱》，我暂时记不起他的名字了，但是他没有谈到"雌雄同体"，他讲了不少和阿拉伯世界的小说相关的内容，他认为我可以算是第一位正面描写这一话题的作家，我没有进行道德审判，我所做的恰恰相反。你读过我的第一本小说吗？

马：我读过，我特别感兴趣的是您十月份在阿拉伯中心的见面会上提到的"一个声音",您在《炼笑石》的创作过程中听到了这个声音。

胡:你当时在场啊!

马:是的。

胡:几乎我所有的小说都是这样开始的。

马:从"一个声音"开始?

胡:这个声音会让我痴迷,听到这个声音对于我开始一部小说的创作十分重要,也就是说,诚然,这些人物多多少少和我有几分相似,但是没有特别相近,我并不讲述我自己的生活和我自己的故事。我讲述的是内心深处的精神生活,所有痛苦和迷恋一起成为这个声音,它萦绕着我,就是这样。

马:我在网上看到您的学习经历,您曾经一度来到法国读博,之后您选择离开,是因为内战爆发吗?

胡:你想说我怎么离开黎巴嫩的吗?

马:您一九七五年曾一度离开黎巴嫩,来到法国读博士。

胡:是的,之后我回去了。

马:为什么?因为内战?

胡:是的,我在这里感觉不好,当时没有网络可以了解国内的战事,我没有心思学习,所以我回去了。之后我在那里待了很久,直到我最终决定离开,那是一九八九年,因为我受够了战争，我不懂为什么要打仗，太多的暴力让人无法承受，那时我有两个孩子，我不能留在那里，之后我留在了法国。

马：回到您的小说《炼笑石》，您在一篇文章中写道，每次您回到家，再见到"哈利勒"，他都会有所改变。

胡：是的。

马：您可以谈谈吗？

胡：事实上，我当时的生活，在黎巴嫩内战期间的个人生活非常复杂，就像是在一年间活了好几年。

马：一年活成好几年怎么讲？

胡：就像时间被压缩了，我在战争期间看到了很多在和平年代看不到的东西，人的本性，生活的状况，人是多么善变……就像暴力劫持了人们，把他们变成杀人犯，我自己也在变，我的朋友在变，生活因为战争而飞速转动，此外，战争爆发的时间正巧是我真正成长的时间，我结束了学业，开始步入社会，发现了很多新的事物，这都是学生时代没有过的。所以，我在变，哈利勒也在变，我一直想着哈利勒。不知道为什么，我会把他和我的儿子联系到一起，那时我儿子还很小。我想到一些存在主义的问题，我会问自己想怎么在战争年代教育这个孩子？这真的很难。他要么成为一个暴力的人，一个战士，一个军人，要么成为受害者，没有这以外的第三个选择。要么和这群人同流合污，要么被他们看作叛徒，背叛了你所在的社群，必须去战斗，必须选择一个立场。我就想我的儿子该怎么做？我有一个女儿、一个儿子，但是男孩子总是被迫去作出这个选择，女孩子不用，因为她们不参加战斗。所以，男孩子身上有一份重担，他们必须选择，必须战斗，如果他们不去参加战斗，别人就会把他们视作"娘炮"，你知道这是什么意思吗？就是说他是个"女人"，不是"真男人"。想到我的儿子会面对这一切，他会在这样一个环境里长大，我无法想象他成为一个杀手，但同时我也不能接受他成为受害者，这让我想了很多。也就是这样，哈利勒成为一个"雌雄同体"的人物，他处在我——一个女人和男人的世界之间。我不会一直写作，我做不到，我当时也没有想要发表，我之前出版了一本书。

马：《来访者》。

胡：是的，《来访者》。但是小说的主题一直在我的脑海中，不是因为文学创作，而是为了理解生活，理解我的选择。当时，我停止和我的朋友们说话，因为我发现他们改变了很多，我不喜欢这样。但是为了适应生活，他们不得不作出这些改变，但是我不愿意苟同，我发觉交流不再重要，发觉人们在生活中与别人交流，要么是出于他们自己相信的东西，要么是为了自我防卫。当我不再和人交流，我花了很多时间来思考，我开始写作，开始有自己的改变，我看到新的事物，与此同时，哈利勒也随着我一起改变。因此，我要么从头重新写过，要么改变我的写作方法。就像是他在和我说话，"这样不行"。我发现就连女人们也是暴力的。我变了。我塑造了一些非常腐败的人物形象，出柜同时又十分暴力，这样的人存在。我给你提供一个思路，我作为作家是如何变化的，哈利勒是如何变化的，我的世界观是如何变化的。以前我以为女性是不暴力的，因为她们孕育生命。但是所有这些想法都被战争彻底改变了，我看到女性有多么暴力，也许她们手无寸铁，却十分暴力。我作为作家，我发现价值观也在改变，和平时期很容易说"我怎样怎样怎样"，但是一旦社会处于危机之中，一切都变了。于是，我最终认为，如果没有女性，内战就不会爆发，因为女性滋生仇恨。

马： 为什么这么说？

胡： 比如说，一位在战争中失去孩子的母亲，她会去要求另一位母亲的孩子偿命，她由此滋生仇恨的情绪，创造出敌人，明白吗？

马： 嗯。

胡： 这是一个恶性循环。我认识一些女人，比如说我亲爱的阿姨们，她们因为失去亲人而变得十分暴力，她们寻求复仇，我隐约记得，在战争期间，当我们要埋葬一位战死的战士时，一些女性会发出"哟哟"，并且说不能在敌人的儿子被杀死之前埋葬他，因此，可以说所有的信念都……动摇了。我发现了一个新的世界，哈利勒也是，这就是为什么我花了将近六年的时间来写这部小说，因为我一直在修改。有时我因为出逃而丢失草稿，有时我可以重新找到，有时不能，但我很重视在写作时感受到的自由。这也是为什么在书出版的时候，读者们发现有一些地方让他们无法理解，最后，有的人很喜欢这部小说却不知道为什么。因此有的人写了一些不正确的东西。

马：比如说？

胡：比如说，哈利勒最后决定要成为战争的参与者，要成为一个战士，于是有人就说："看看吧，一个人因为性取向而遭遇悲剧……"怎么说呢……你要知道第一个指出事实并非如此的人是你的老师。

马：拉格朗日先生。

胡：是的。他的文章对于我来说是个惊喜，在那之后人们的想法改变了，他们开始读懂这部小说，但是在我看来，哈利勒决定放弃自己雌雄同体的身份时，也正是他在道德层面坠落的时候，他陷入了战争的圈套，他不能保护自己的无辜，成了一个暴力的战士，而不是反过来。这本小说太新颖了，他决定成为一个男人的时候在道德层面沦陷，是弗雷德里克首先提出了这个观点。

马：我读过拉格朗日先生的一篇文章，他说哈利勒最后放弃了他的女性化气质。

胡：是的。

马：也放弃了他的被动性。

胡：是的，同时他也放弃了自己的天真和无辜。

马：在您的一篇文章中您说道，当评论开始关注《炼笑石》的时候，您已经开始了第二部小说《幻想的人》的创作，这次也是从一个声音开始的吗？

胡：啊，《幻想的人》，我是在这里写的，不过不像《炼笑石》写了六年。小说还没写完的时候就已经受到很多人喜爱了，他们被这本小说震撼，并且做了很多研究，为了理解这部小说究竟在讲什么。在《炼笑石》中，我描写了对自我的认知，之后我不再局限于对自我的认知，而是走向另一端，我选择塑造一个暴力的男性，一个大男子主义者，和哈利勒完全相反的人物，但是这个人物同样也是社会的受害者，他并不是天生暴力，他只对自己爱的女人暴力而对其他人、事、物并不这样。我喜欢把一个故事反过来讲。相较于讲述一个遭受暴力的女性故事，我更倾向于讲述一个男性的故事，因为我认为这个社会让男性和女性都变得病态，我想知道为什么人们要让他人痛苦，这是因为我们自己本身受到煎熬。在第一本小说之后，我为第二本小说感到十分骄傲，因为它给人带来了冲击。有的人，一些和我不熟的人，他们认为我之所以替同性恋说话，是因为我也是，不是的，不是这么回事，如果是这样的话就不那么有趣了，写作中的冒险就不再有了，创作中的新发现也会随之变少。但是，当他们读到第二本小说的时候，他们明白了我就是这样的思路，我没有什么符号要去保护，我探索人类，但是我并不想去支持某个观点，因为每个人都是独立的个体，有时候我写的是边缘化的人物，不是正面的主角。

马：是的。我第一次读到您的小说，是拉格朗日先生发给我的《幻想的人》选段，讲的是乌姆·库勒苏姆，您可以谈谈这一段吗？

胡：第二部小说有关于"雌雄同体"的大篇幅描写，因为这本书里的男主人公感觉到爱情的痛苦，他爱的女人不属于他的社群，他爱的是他的敌人，他们之间就像另一场内战，与此同时，他作为一个大男子主义者，因为自己的男子气概而不开心，他需要女性，于是他就想，如果我是雌雄同体，那么我同时拥有两个性别，我再也不会痛苦。这个说法年代久远，是柏拉图提出的，完美的生物，完全的生物是拥有一切的，他不再需要外界，因此他获得了自由，对于我来说，雌雄同体从哲学层面上来讲是一种自由。你拥有了一切，不再需要为了获得另一方而受到煎熬，你想要的另一个人可能和你非常不同。你拥有一切，所有东西都处在平衡状态，但是这同时也会扼杀你的各种欲望，这个哲学观点有它积极的一面也有消极的一面，它很吸引我。因此，乌姆·库勒苏姆对我来说意义非凡，她的声音极具女性魅力，又充满力量，两者兼而有之。这是一个完美的声音，因此传言可能在某种程度上来说是真的。我们没法求证，因为在阿拉伯世界我们不说这件事，但是在得知她是一个同性恋之后，我再听乌姆·库勒苏姆的声音时，我可以看到两性同时存在，雌雄同体体现在她身上。我们不知道她爱过哪个男人，她和一个医生结婚了，是的，但这只是为了打掩护。爱她的人很多，有名的诗人和音乐家，但她一个也不爱。于是，所有这些模糊不清的地方帮助我更好地理解她的声音，她的完美。当《幻想的人》的主人公提到她的时候，她所代表的是一种完美，你可以说她是雌雄同体的。此外，她见证了阿拉伯世界的两个时期，埃及的王朝时期和纳赛尔时期，他们从英国人那里获得了独立，这也是一种混合。她的声音既古典又现代。女性听到她的声音像是听到一个男人，男性听到她的声音像是听到一个女人，对我来说，关于乌姆·库勒苏姆的这一段是他对于自己不能得到的女性欲望的终极体现，你要记住，这不是我在说话，是那个人物在说话，他会回到雌雄同体的主题上，并把它当作痛苦的解脱。

马：您提到了柏拉图，这是古希腊哲学，在《耕水者》这部小说里，您提到了古代中国的哲学，你可以谈谈这方面吗？您怎么想到要这样写？

胡：你知道，在一本小说里，我们要创造一个世界，这很复杂。我的小说中的世界，尽管它看起来很简单，尽管我把它简化了，它还是源自一个很复杂的世界，据我所知，道家学说和纺织品密切相关，而我小说中的人物要大量讲述关于纺织品的内容，丝绸在其中起重要作用，它会联系小说中的其他人物，例如尼古拉的母亲，她是怎么遭遇精神疾病的。作家不能讲述纺织品的故事而不提及中国，中国人发明了纺织，他们的哲学也与此相关，和我们的哲学不一样，我对于不同的事物格外感兴趣，也就是说我喜欢不同，我喜欢去其他的阵营，这也是为什么我和一个穆斯林结了婚，为什么我生活在我的社群之外，我喜欢不同，中国哲学深深地吸引了我，我读了不少但是不能全部放进我的书里。我认为，除了多贡人本身之外，多贡族的文明没有中华文明源远流长，是中国人首先把纺织品和礼拜联系在了一起，在这之后，其他文明才开发了丝织技术，丝绸的完美是上帝赐予的，因为这是完全的美，人类无法达到完美，穆斯林也是这么认为的。当女性穿上丝织品，她们就不能再出门上街去，因为这太过完美了，人是不完美的，而丝绸是完美的，天然完美，丝绸不是线织成的，它是蛋白质，不是人制造出来的，而是动物生产出来给人拿去用的，丝绸是完美的，这是通过祈求上苍得到的恩赐，这是中国人解释的，人们这么做是为了让上天给予人类加工丝绸的权利。你要知道这些。

马： 您在《耕水者》中引用了牛郎织女的故事，您为什么作出这个选择呢？

胡： 关于丝绸，怎么说呢，只要你想阅读与纺织品相关的内容，你想要了解过去人们的纺织历史，你就会读到这些故事，中国的故事是最复杂的，因为这个文明的历史太悠久了，它对此有很多可以讲述的，很复杂的哲学，同时和其他的又很不一样。在我们的世界里，我们有犹太教、基督教的历史，但是都很短，和更久远的历史相比，它们不足一提，在它们之前，文明在亚洲，在非洲，在世界的各个角落。

马： 谈谈您的第四部小说吧，在《我的主人，我的爱人》的最后，萨米亚接过了叙事者的角色，而在《炼笑石》中，您在最后揭开叙述者的性别为女性，这之间……

胡：她们是不同的。

马：如何不同？

胡：萨米亚这里我是想增添一个讲述瓦迪消失的视角，同时不说明萨米亚是否讲出了真相。小说中有一段讲瓦迪遇到了什么问题，他与别人的相处遇到了什么困难，他受到怎样的煎熬，他整个人非常僵硬，和萨米亚在一起时也觉得孤独，他孤独得可怕，我们要看整个故事才能知道他为什么如此孤独。从一开始，为什么他迷恋权力，为什么他拒绝贫穷造成的感受？拒绝贫穷感是因为，我们没有一个自我保护的机制，也就是说，如果你没钱，你就无法保护自己，应该要有一个社会价值体系，他出生在内战时期，没有合法使用暴力维持社会秩序的机制，没有政权，没有价值观，他如何保护自己？如何获得权力？小说建立在这个基础之上。他就想，权力可能来自金钱，于是他就赚钱，试图用这样的方法保护自己。也就是说，弱势群体不受法律的保护，没有人支持他们，他们十分孤单，他们活在这样一个腐败的社会，暴力的社会，没有太多的选择。这个故事讲这个弱小的男孩，他看着父亲无力拯救病重的母亲，父亲被自己的老板压迫而无力反抗，他是个厨师，他的老板对瓦迪不好，他把瓦迪母亲给他的衣服扒了下来。所有这些，逐渐累积起来，让瓦迪对这个世界不满，他试图独自找到一条出路，萨米亚陪着他，所以小说的最后她要说自己为他付出了多少，但终究没法拯救他，他还是孤独一人。这回答了你的问题吗？

马：回答了。同时，您怎么看瓦迪父亲和他的老板的关系以及瓦迪和自己老板的关系？

胡：这里不是同性恋人的关系，只是对权力的迷恋。

马：只是迷恋？

胡：是这样的。因为只有塔力格保护他，塔力格是一个强势的男性，一个老板。但是之后，瓦迪发现他只是一个小老板，但还有很多其他资本家，他们远远强于塔力格，在这里他感到迷失，因为他隐约感觉到萨米亚和塔力格之间有什么关系，但是他没管，他只想要塔力格拯救他，给他力量，但是他发现塔力格做不到。权力在他之上，他只是一个小老板，这也是为什么他丢下塔力格消失了。

马：也就是说，从瓦迪小时候起，阿尤布、他的父亲、塔力格和萨米亚都没能拯救他？

胡：没有。没有人给他力量，没有人保护他，没有人拯救他，除了阿尤布，这也是为什么在他极度孤独的时候呼唤阿尤布的名字，但阿尤布也是一个受害者，又是唯一一个承认并接受自

177

己贫穷这个事实的人。而瓦迪则不能接受。因为贫穷意味着脆弱，他的贫穷直接导致他的弱势，弱势意味着没有荣誉，贫穷的人一无所有。他从小就见到过这些，他的母亲死了，因为没钱治病，因此，贫穷是最糟糕的处境。你之后得把其他两部小说也看了。

马：我开始读《夜间来信》了，但是还没看完。

胡：你有的是时间。关于这个话题还有一点，瓦迪在塔力格身上寄予了太多的希望，以至于他混淆了朋友的爱，救世主的爱和爱人的爱，瓦迪并不是同性恋，因为他爱女人们，但是他对于塔力格的依赖可能导致他对自己性取向的质疑，他问自己为什么这么爱他，但事实上瓦迪并不爱他，只是因为他认为塔力格可以拯救他，给他财富。他对塔力格说"我是你的狗，并且为此而骄傲"。这部小说特别讲述对权力的迷恋，以及如何保护自己，贫穷的人，被生活压迫的人是否能保全自己的无辜？在小说里，我们可以看到他成了战争贩子，并希望以此赚钱保护自己，但他没有意识到这是其他人追杀他的原因，因为他自己赚钱而没有和其他人狼狈为奸。如果我们没有足够的钱，没有权力，只能成为受害者。就像小说中写的，他们的关系就是奴隶和奴隶主的关系，他依靠这个主人，因为他没有其他选择。要么我的主人能拯救像奴隶一样的我，要么我失去这个主人，也失去我自己。瓦迪对塔力格的爱就像奴隶对主人的爱，这就是我想补充的。

马：在我研究的这四部小说中，我认为所有的主人公始终都在失去些什么，失去他们的爱，失去爱人，而他们对此却无所作为。

胡：他们无能为力。

马：这些人物有什么共同的主题吗？

胡：所有的人物？

马：这些主人公。

胡：是的，你想说他们有什么？

马：比如说，哈利勒失去了耐吉和优素福，《幻想的人》的主人公失去了他的爱人，甚至被他自己亲手杀死。

胡：这可说不准。

马：确实，然后第三部小说……

胡：第四部也是，他失去了自我。

马：是的。

胡：还有尼古拉，他也迷失了。这些人，就像我和你说过的，他们都是边缘化的人物，他们有共同之处，他们都被社群压迫，被不同形式的权力压迫。他们都是注定要失去自身天真无邪的人，他们也要失去全部，他们的命运是破碎的，他们注定无法获得救赎，他们没有信念。就像在《幻想的人》中，男主人公不相信他的社群，他不相信圣母可以解决一切问题，不相信他的邻居手上沾满油圣母就会现身。各种各样的神迹可能说明有时宗教可以拯救人，至少从个人层面上来看的确可以，只要宗教不把你和武装联系在一起。但是我的人物们不从属于任何一个群体，不属于任何一个社群，他们是试图创造自己命运的个体，但在这样的背景下，在这样的社会中，在这个世界上，这些无辜的人找不到属于自己的天地，他们无法回应外界。他们迷失，受到他人的折磨，被世界折磨，被一些群体折磨，没人理解他们，所有这些人物都没被理解，他们的内心世界非常丰富，同时又迷失方向，他们很敏感但却不能做成些什么，他们很孤独。

马： 最后一个问题，和您的创作有关，您在黎巴嫩贝鲁特的时候完成了《炼笑石》，您来到法国之后创作了其他作品。

胡： 所有其他的。

马： 这两者之间有什么不同吗？有没有什么……

胡： 我说不准，因为我没有留在黎巴嫩，我没法知道如果我留下会写出些什么。但是我觉得远离黎巴嫩，我变得更激进，我的人物可能更尖锐，更深刻，我的写作更激进，我更加关注争论，也有可能是因为年龄，年龄大了你可能会觉得要更多联系这些人物，写作要耗费精力，因为我写作的时候很痛苦，我并不会感到愉悦。面对我们的社会，我变得更有批判性。也许，如果我留下了，我可能在写作上要作出让步，要和解，但是在远处，我可以更具批判性，对自己，对自己的社会更不留情面。

图书在版编目（CIP）数据

夜间来信 /（黎巴嫩）胡达·巴拉卡特著；陆怡玮，马琳瑶译. -- 上海：上海文艺出版社，2025. --（当代丝路文库）. -- ISBN 978-7-5321-9206-9

Ⅰ. I378.45

中国国家版本馆CIP数据核字第2025V5D404号

Barid al Layl, Copyright © Hoda Barakat, 2017. First published in Arabic by Dar Al Adab, Beirut, Lebanon
Published by arrangement with RAYA The agency for Arabic literature

著作权合同登记图字：09-2024-0133号

本书为上海文化发展基金会资助项目。

责任编辑：曹　晴
封面设计：周伟伟

书　　名：夜间来信
作　　者：[黎巴嫩] 胡达·巴拉卡特
译　　者：陆怡玮　马琳瑶
出　　版：上海世纪出版集团　上海文艺出版社
地　　址：上海市闵行区号景路159弄A座2楼 201101
发　　行：上海文艺出版社发行中心
　　　　　上海市闵行区号景路159弄A座2楼206室 201101 www.ewen.co
印　　刷：上海丽佳制版印刷有限公司
开　　本：890×1240　1/32
印　　张：5.875
插　　页：2
字　　数：75,000
印　　次：2025年7月第1版 2025年7月第1次印刷
I S B N：978-7-5321-9206-9/I.7224
定　　价：56.00元
告　读　者：如发现本书有质量问题请与印刷厂质量科联系　T:021-59404766